Christa Wolf

Kein Ort. Nirgends

dtv

Die Taschenbibliothek

Ungekürzte Ausgabe

Juni 1996
Deutscher Taschenbuch Verlag GmbH & Co. KG,
München

Erstveröffentlichung: Berlin/Weimar 1979
Umschlaggestaltung: Balk & Brumshagen
Umschlagbild: ›Baum am Bach‹ (um 1831)
von Ferdinand Georg Waldmüller
Satz: IBV Satz- und Datentechnik, Berlin
Druck und Bindung: C. H. Beck'sche Buchdruckerei,
Nördlingen
Printed in Germany · ISBN 3-423-08321-2

Ich trage ein Herz mit mir herum, wie ein nördliches Land den Keim einer Südfrucht. Es treibt und treibt, und es kann nicht reifen.

Kleist

Deswegen kömmt es mir aber vor, als sähe ich mich im Sarg liegen und meine beiden Ichs starren sich ganz verwundert an.

Günderrode

Die arge Spur, in der die Zeit von uns wegläuft.

Vorgänger ihr, Blut im Schuh. Blicke aus keinem Auge, Worte aus keinem Mund. Gestalten, körperlos. Niedergefahren gen Himmel, getrennt in entfernten Gräbern, wiederauferstanden von den Toten, immer noch vergebend unsern Schuldigern, traurige Engelsgeduld.

Und wir, immer noch gierig auf den Aschegeschmack der Worte.

Immer noch nicht, was uns anstünde, stumm.

Sag bitte, danke.

Bitte. Danke.

Jahrhundertealtes Gelächter. Das Echo, ungeheuer, vielfach gebrochen. Und der Verdacht, nichts kommt mehr als dieser Widerhall. Aber nur Größe rechtfertigt die Verfehlung gegen das Gesetz und versöhnt den Schuldigen mit sich selbst.

Einer, Kleist, geschlagen mit diesem überscharfen Gehör, flieht unter Vorwänden, die er nicht durchschauen darf. Ziellos, scheint es, zeichnet er die zerrissene Landkarte Europas mit seiner bizarren Spur. Wo ich nicht bin, da ist das Glück.

Die Frau, Günderrode, in den engen Zirkel gebannt, nachdenklich, hellsichtig, unangefochten durch Vergänglichkeit, entschlossen, der Unsterblichkeit zu leben, das Sichtbare dem Unsichtbaren zu opfern.

Daß sie sich getroffen hätten: erwünschte Legende. Winkel am Rhein, wir sahn es. Ein passender Ort.

Juni 1804.

Wer spricht?

Weiße Handknöchel, Hände, die schmerzen, so sind es meine. So erkenne ich euch an und befehle euch, loszulassen, um was ihr euch klammert. Was ist es. Holz, schön geschwungen, Lehne eines Sessels. Der Sitzbezug schimmernd, in ungewisser Farbe, silberblau. Glänzendes Parkettmosaik, auf dem steh ich. Menschen zwanglos über den Raum verteilt, wie das Gestühl, in schöner Anordnung. Das verstehn sie, man muß es ihnen lassen. Anders als wir in Preußen. Üppiger, feiner. Geschmack, Geschmack. Sie nennen's Kultur, ich Luxus. Höflich bleiben und schweigen, die kurze Zeit.

Diesen Monat, das ist ausgemacht, denkt Kleist, will ich zurück. Still doch. Wie mir zumute ist, geht keinen was an, mich selbst am wenigsten. Ein Witz, auf den ich mir was zugute hielt, wär er von mir. Gelegentlich will ich den armen Hofrat damit erschrecken.

Ich folg ihm wie ein Lamm, Widerspruch ist ein Krankheitszeichen. Reisefähig? Ei gewiß, Doktor Wedekind soll seinen Willen haben. In Gottes und in des Teufels Namen, ich bin gesund. Gesund wie jener Narr am Felsen, Prometheus. Der lebt tausend Jahre und länger. Es juckt mich, den Doktor zu fragen, wo dies Organ sitzt, das nachwächst, und ob er es mir nicht herausnimmt, die Geier zu ärgern. Keine plumpen Vertraulichkeiten mit der Götterwelt. Sterblich sein, frommer Wunsch.

Faxen. Wovon diese hier, in ihrer heitern Gegend, nichts wissen. Daß ich mich nicht unter sie mischen kann. Zu Tee und Unterhaltung, hieß die Einladung. Die Wand hinter mir, gut. Diese Helligkeit. Linkerhand die Fensterreihe, weite Aussicht. Ein paar Dorfhäuser im Vordergrund, an abfallender Straße. Baumbestandenes Wiesengelände. Der Rhein dann, träger Fluß. Und fern, scharf umrissen, der flach schwingende Höhenzug. Drüber, unwissendes Blau, der Himmel.

Das Fräulein am Fenster verstellt mir den Blick auf die Landschaft.

Ja: Die unbedingte Richtigkeit der Natur. Die Günderrode, überempfindlich gegen das Licht, bedeckt die Augen mit der Hand, tritt hinter den Vorhang. Wert ist der Schmerz, am Herzen der Menschen zu liegen, und dein

Vertrauter zu sein, o Natur! All die Tage über geht mir die Zeile nicht aus dem Kopf. Der verrückte Dichter. Zuspruch suchen bei einem Wahnsinnigen – als wüßt ich nicht, was das bedeutet. Schon denk ich, ich hätt im Stift bleiben solln, im gründämmrigen Zimmer, auf dem schmalen Bett, dem Kopfweh zuvorkommen, anstatt, im bös holpernden Wagen von Frankfurt her, schweigsam zu sein, abweisend, den andern die Stimmung zu stören. Man läßt mich jetzt, duldet meine Entfernung, als Grille, verlangt nichts weiter, als daß ich mich grillenhaft zeige, von Zeit zu Zeit. Doch zu Verstellung und Entgegenkommen fehlt mir ein für allemal die Lust. Ich fühle zu nichts Neigung, was die Welt behauptet. Ihre Forderungen, ihre Gesetze und Zwecke kommen mir allesamt so verkehrt vor.

Der Druck auf der Brust, seit dem Morgen schon, seit dem Traum, der jetzt wieder auftaucht. In einer Gruppe von Personen ging sie in einem kargen, sanften Gelände, fremd und zugleich vertraut, in ihrem weißen fließenden Kleid, zwischen Savigny und der Bettine. Savigny hob plötzlich einen Bogen an die Wange, spannte ihn, zielte mit stumpfem Bolzen. Da sah sie: am Waldrand das Reh. Der Schreckenslaut, den sie sich ausstoßen hörte, kam wie immer zu spät, der Bolzen holte ihn ein. Das Reh, am Hals getroffen, stürzte. Die Bettine an ihrer Seite, die sie nicht aus den Augen ließ, nahm als erste das Unheil wahr. Lina! rief sie klagend. Die Wunde war an ihrem Hals, sie mußte nicht nachfühlen. Der Bettine weißes Tuch färbte sich rot, daß die Günderrode staunen mußte, wie kräftig im Traum Farben sind. Es käme ihr so natürlich vor, zu verbluten. Da wuchs vor ihnen aus dem Erdboden ein niedriges Zeltdach, unter ihm gebückt ein gnomiges behaartes Wesen, das rührte in einem Topf mit einer ekelhaften, dampfenden Brühe. Und eine Hand – die einzige, die wußte, was zu tun war – tauchte furchtlos in die Brühe, die nicht brannte, sondern linderte, und strich sie auf die Wunde an ihrem Hals. Der Zauber wirkte augenblicklich. Sie spürte die Wunde sich schließen, schwinden. Im Erwachen faßte sie nach der Stelle: zarte unverletzte Haut. Das ist es, was ich von ihm haben kann: den Schatten eines Traums. Sie verbot sich zu weinen und vergaß den Traum und den Grund für ihre Trauer.

Jetzt sieht sie: Es war Savignys Hand.

Wieso aber am Hals? So ist es nicht ausgemacht. Sie kennt die Stelle unter der Brust, wo sie den Dolch ansetzen muß, ein Chirurg, den sie scherzhaft fragte, hat sie ihr mit einem Druck seines Fingers bezeichnet. Seitdem, wenn sie sich sammelt, spürt sie den Druck und ist augenblicklich ruhig. Es wird leicht sein und sicher, sie muß nur achten, daß sie die Waffe immer bei sich hat. Was man lange und oft genug denkt, verliert allen Schrecken. Gedanken nutzen sich ab wie Münzen, die von Hand zu Hand gehn, oder wie Vorstellungen, die man sich immer wieder vors innere Auge ruft. An jedem Ort kann sie, ohne zu zucken, ihren Leichnam liegen sehn, auch da unten am Fluß, auf der Landzunge unter den Weiden, auf denen ihr Blick ruht. Zu wünschen bliebe, ein Fremder möge ihn finden, der sich fest in der Hand hat und der schnell vergißt. Sie kennt sich, sie kennt die Menschen, ist darauf eingestellt, vergessen zu werden. Auffällige Gesten meidet sie, so lange es möglich ist. Sie hat das Unglück, leidenschaftlich und stolz zu sein, also verkannt zu werden. So hält sie sich zurück, an Zügeln, die ins Fleisch schneiden. Das geht ja, man lebt. Gefährlich wird es, wenn sie sich hinreißen ließe, die Zügel zu lockern, loszugehn, und wenn sie dann, in heftigstem Lauf, gegen jenen Widerstand stieße, den die andern Wirklichkeit nennen und von dem sie sich, man wird es ihr vorwerfen, nicht den rechten Begriff macht.

Was für eine vorzügliche Einrichtung, daß die Gedanken nicht als sichtbare Schrift über unsre Stirnen laufen! Leicht würde jedes Beisammensein, selbst ein harmloses wie dieses, zum Mördertreffen. Oder wir lernten es, uns über uns selbst zu erheben, ohne Haß in die Zerrspiegel zu blicken, welche die andern uns sind. Und ohne Trieb, die Spiegel zu zerschlagen. Dazu aber, sie weiß es ja, sind wir nicht gemacht.

Soll eine Frau so blicken?

Die Person ist Kleist nicht geheuer. Seine märkischen Fräuleins haben diesen Blick nicht, auch die Dresdnerinnen nicht, so lieb sie ihm sein mögen, nicht zu reden von den Schweizer Mädchen – soweit es ihm erlaubt ist, von dem einen, das er kennt, auf die andern zu schließen. Und die Pariserin, die die Natur verleugnet...

Ist diese Frau schön?

Ein unsichtbarer Kreis ist um sie gezogen, den zu übertreten man sich scheut. Es verböte sich, ihr ein Kompliment zu machen. Würde, auch Abweisung gehn von ihr aus, die zu ihrer Jugend im Widerspruch stehn, wie ihre blauen Augen zu dem glänzenden schwarzen Haar. Vom Ansehn wird sie schöner, das ist wahr, in der Bewegung, im Mienenspiel. Aber steht ihm ein Urteil über Frauenschönheit zu? Wenn es stimmt, was der spöttische junge Wieland oft behauptete: daß allein die Frauen ihren Wert untereinander ausmachen und das Urteil der Männer nur herausfordern, um deren Selbstgefälligkeit zu schmeicheln – dann nimmt das Fräulein am Fenster unter den andern reizvollen jungen Frauen einen Ausnahmeplatz ein, den keine ihr streitig macht. Bettine gewiß nicht, die Schwester des berühmten Clemens Brentano, der sich zu Kleists Verdruß gleich nach der Begrüßung mit seiner jungen Frau, der Sophie Mereau, und mit einem andern jungen Paar, den Esenbecks, an ein kleines Tischchen zurückgezogen hat. Eine Marotte, die Bettine heftig zu mißbilligen scheint; sie, ein Kind beinah noch, ungebärdig und unberechenbar, wie der Klatsch es ihr nachsagt, hält sich auf dem Sopha bei den beiden jungen Fräulein Servière, doch ihre Blicke verraten sie: Sie möchte am Fenster sein, bei der Freundin, aber sie traut sich nicht, deren Selbstvergessenheit zu durchbrechen.

Das Fräulein, dessen Name Kleist übrigens nach der flüchtigen Vorstellung durch Wedekind wieder vergessen hat, soll nicht in den glücklichsten Verhältnissen leben, Kleist erinnert sich der unverheirateten Töchter mittelloser märkischer Adelsfamilien, ihres hilflosen Aufputzes, wenn sie in Gesellschaft gehn, ihrer huschenden hungrigen Augen, ihrer früh schon scharfen Züge. – Ulrike, die Schwester. Unwillkommener Einfall. Ulrike, das ist etwas anderes. Wieso? fragt die zweite Stimme in ihm, die er unterdrückt, wie er es eisern geübt hat. Er hat seine Lektion gefressen. So lernt man nur, wenn es ums Leben geht, in Todesangst. In der Gewalt von Mächten, die keinen Zweifel lassen, daß sie uns vernichten können, weil in uns selber etwas, das wir nicht kennen wollen, ihnen entgegenkommt. Dieser Zusammenbruch im November. Der schauerliche Winter. Diese dröhnenden, niemals abreißenden Monologe in seinem armen Kopf. Er weiß es ja, was seine Rettung wäre: die Stimme in sich knebeln, die da reizt und höhnt und weitertreibt, auf die wunden Punkte hin. Und wenn er sie zum Schweigen brächte? Eine andre Art von Tod. Woher nur die Selbstgewißheit, daß es seine Schuldigkeit ist, jenen Mächten, die mit allen Wassern, auch mit Blut, gewaschen sind, ihren Namen zu entreißen?

Und woher, zu gleicher Zeit, sein Ohnmachtsgefühl und der durchdringende Zweifel an seiner Bestimmung? – Ungleicher Kampf.

Kleist gibt einen Ton von sich, vor dem man schaudern müßte, könnte man ihn für eine Art von Lachen halten.

Jemand berührt ihn am Arm. Wedekind, der Arzt, in Ausübung seines Amtes.

Darf man erfahren, was Sie uns entrückt?

Er ist nicht Herr dessen, was in ihm denkt. Er muß sich Zwang antun, und für geheilt wird er gelten, wenn er die Kunst beherrscht. Wie aber soll eine Heilung dessen stattfinden, der das Gesetz verrückt, ehe er sich ihm unterwirft? Bis in den Staub unterwirft: dem verrückten, dem ungültigen Gesetz.

Und kein Richter. Kein Richter.

Kleist, in Bedrängnis, schüttelt heftig den Kopf.

Kleist! hört er den Doktor sagen.

Nichts nichts. Es ist nichts. Ich mußte denken, daß ich dies Jahr noch siebenundzwanzig werde.

Gewiß, sagt Wedekind. Und hätte das eine Bedeutung?

Vortrefflich gefragt. Die Antwort ist: Nein.

Mörderische Wohltat: Meinen, was man sagt, und von der eigenen Meinung zerrissen werden. Und die Freunde immer, die einem am wenigsten glauben, wenn man der Wahrheit am nächsten kommt. Wie vor langer Zeit, im vorigen Herbst, Pfuel in Paris, der das Quartier mit ihm teilte, nicht aber seine Verzweiflung. Pfuel, ich bin gescheitert! Es war die Wahrheit, weiß Gott, aber der Freund, der ihn am besten kannte, der ihn begleitet hatte, man könnte auch sagen: ihm gefolgt war, der seinen hoffnungslosen Kampf um den verfluchten ›Guiscard‹ mit angesehen: dieser Freund bestritt ihm die Folgerung aus dieser Wahrheit und verweigerte ihm die Wohltat, die Erde mit ihm gemeinsam für immer zu verlassen. Er, Pfuel, sei noch nicht so weit, sich ins Jenseits zu befördern, werde es den Freund aber beizeiten wissen lassen...

Herr Hofrat, fragt Kleist, Sie kennen den Hamlet? Gewiß, sagt der – es ist sein Lieblingswort. Im Original und in der Schlegelschen Übersetzung.

Gebildeter Mann.

Soeben, sagt Kleist, sei ihm eingefallen: Der Streit, der ihn damals, in Paris, mit seinem Freunde Pfuel entzweite – er wisse doch? Wedekind nickt –, dieser Streit sei um den Monolog gegangen. »Denn wer ertrüg der Zeiten Spott und Geißel...«

»... des Mächtigen Druck, der Stolzen Mißhandlungen...« Der Hofrat, in der Tat, ist im Bilde. Doch kann er nicht umhin, sein Befremden zu äußern, daß erwachsene gesittete Menschen, Freunde, aufs Blut sich streiten können um ein paar Verse. Hieße das nicht, den Respekt vor der Literatur übertreiben? Ja: Sei es nicht überhaupt unstatthaft, jene Wand zu durchbrechen, die zwischen die Phantasien der Literaten und die Realitäten der Welt gesetzt ist?

So auch Pfuel. Das war der Bruch.

Ihr Hang zum Absoluten immer, Kleist... Ihr Shakespeare kann der lebenslustigste Mensch gewesen sein, meinen Sie nicht?

Kleist durchfährt der Gedanke, der Arzt halte ihn für einen Komödianten, der mit Varianten spielt, darunter der tragischen. Das, wenn es zuträfe, will er nicht wissen. Er ist unabhängig vom Urteil der Welt und kann es nicht ändern.

Andre wollen ein unblutiges Denken kennen. Harmonie, Mäßigung, Milde. Kleist, so übermäßig er sich anstrengt, dringt in das innere Leben der Wörter nicht ein. Von Sehnsucht verzehrt, bewege ich mich in ihrem Abglanz.

Druckreif, sagt er zu Wedekind, der wartet. Druckreife Sätze, Herr Hofrat, es ist ein Laster. Ein jeder fein scharf gemacht als Guillotine für seinen Vorgänger.

Kleist, sagt Wedekind, wenn Sie mir doch glauben wollten: Es ist nicht gut, daß der Mensch zu tief in sich hineinblickt.

Dank für die gute Absicht. Wenn ich derart heruntergekommen wäre, den Trost zu brauchen, das milde Urteil anzunehmen. Jetzt höllisch achtgeben, daß ich meinen Kopf nicht zwischen den Händen presse, vor allen diesen

Leuten. Welch schöner Saal. Was für gefällige Menschen. Wie sie eigentümliche Figuren bilden, nach Regeln, die ich niemals lernen oder begreifen werde. Mein Gott.

Herr von Kleist.

Mein Fräulein.

Was hat ihr die Wangen gefärbt? Ah, allerdings: neue Gäste, die sie mit ihm bekannt machen will. Nun denn: Ein Herr von Savigny aus Marburg, Rechtswissenschaftler, und seine Frau Gunda, geborene Brentano. Die Familie scheint fruchtbar zu sein. Der Mann, Savigny, kaum älter als er, doch, wie es scheint, seiner selbst in einer Weise gewiß, die ihm unerreichbar bleiben muß. Wie er die Hand des Fräuleins hält, wie er sie anzublicken, anzureden weiß, den Ton zwischen Begrüßung, Frage, Bitte hält: Günderrödchen.

Da hat er ihren Namen. Nie gehört. Ohne ihn weiter zu beachten, geht sie mit den beiden Neuankömmlingen, bei denen sie sich einhakt, zu den andern davon. Der Spalt des Vorhangs schließt sich, der sich für einen Augenblick aufgetan hatte, als wolle er ihn einlassen in ihre Welt. Jenes Fräulein Günderrode hat sich ihm nur genähert, um sich wieder zu entfernen. Ungerecht ist es, seine Enttäuschung auf sie zu übertragen. Nun gut, so will er ungerecht sein.

Das Licht! sagt jemand. Karoline, Sie müssen es sehn!

Clemens. Wie ich ihn kenne. Daß er mich in Savignys Nähe nicht dulden will. Daß er mich, als sei ich sein Eigentum, zum Fenster zieht, mir ein Wort über die Beleuchtung abringt, die, das kenne ich ja, um diese Stunde allerdings unvergleichlich ist, wenn die Sonne in einem bestimmten Winkel zur Landschaft und zum Wasserspiegel steht. Als brauchte irgendeine Erscheinung der Natur unser Lob, unsre Aufmerksamkeit, ja auch nur unsre Anwesenheit.

Sie sind streng mit mir, Karoline.

Verletzte Eigenliebe, immer dasselbe. Savigny, als Clemens mich wegzog, hat mir das Zeichen mit dem Finger gemacht. Er ist gekommen. Weiß, daß ich warte, und verläßt sich darauf, daß ich es verbergen kann. Er begreift, daß ich treu bin, wenn ich liebe, und selbstlos, und er nützt es aus, und ich muß ihn dafür um so mehr lieben. Auch das hat er eingerechnet. Das geht immer so weiter.

Savignys Eintritt hat der Günderrode eine Minute freudiger Selbstvergessenheit verschafft, schnelleren Herzschlag, unwillkürliche Bewegungen, die sie nicht regieren kann, wo sie sonst jeden Impuls, jede Aufwallung zu beherrschen und zu unterdrücken versteht, solange sie von sich selbst weiß. Immer die Ältere, die Stütze der einsamen, kopflosen, etwas törichten Mutter, Erzieherin der jüngeren Schwestern; immer vernünftig, immer einsichtig, in den Gegensatz zwischen eine hochfliegende Natur und die beengtesten Verhältnisse gespannt. Die ersten Nächte im Stift, neunzehnjährig, in dem kleinen Zimmer, auf dem schmalen harten Bett, bei offenen Fenstern, durch die, als die letzten Vögel verstummt waren, eine Stille hereindrang, die immer dichter, drohender und endgültiger wurde und vor dem Morgen das ganze Weltall auszufüllen und zu ersticken schien – sie spricht nie davon, sie vergißt es nicht. Bettine, so gut sie ihr ist – nie wird auch nur eine Ahnung sie streifen, welchen Schmerz, welche Entsagung die Freundin fest in sich verschließt.

Der Clemens hört sich gerne reden.

Kleist sieht zu.

Die Gruppe, aus der jenes Fräulein Günderrode sich gelöst hat, fällt auseinander, als habe sie keinen Zusammenhalt mehr, und ihre Glieder schließen sich andern Gruppen an. Zwei, drei Herren versammeln sich um Bettine am Klavichord. Sie schlägt eigenwillige Tonfolgen an, die in keinem Notenblatt stehn. Vom Blatt spielen könne sie nicht, hört er sie sagen, und sie lacht, daß er in Zweifel kommt: Soll ihr Hintersinn ihn reizen, oder soll er ihn gelten lassen, da er ihrem Wesen zu entsprechen scheint. Zugegeben, ihm sind Frauen lieber, die im Rahmen bleiben, wie diese Gunda, diese Lisette, Savignys und Esenbecks Frauen, die sich auf die Couchette unter das große Ölgemälde gesetzt haben, das durch sorgfältigste Behandlung aller Schattierungen von Grün einer einfachen Landschaft unglaubliche Gliederung, Tiefe und Heiterkeit zu geben weiß. Putzige Idee: Ein zweiter Maler, falls er anwesend wäre, könnte sich hinstellen und aus diesem neuen Motiv – dem Bild des ersten, der Couchette und den sehr verschiedenen jungen Frauen darauf – ein weiteres Gemälde anfertigen, geeignet, über der sanft geschwungenen Kommode an der jenseitigen Schmalseite des Raumes zu hängen und wieder eine Gruppe zu bilden, die ihrerseits ein malenswertes Sujet hergäbe. Dies ginge so weiter, und es brächte doch auch einen gewissen Fortschritt in die Malerei.

Wedekind will wissen, ob er ihm zuviel versprochen hat.

Was meint er? Die Landschaft? Die Leute?

Den Rhein, sagt Kleist vorsichtig, habe ich ja gekannt.

Gewiß: als Soldat. Das ist etwas andres. Niemand kennt eine Gegend, die er nur in Montur durchstreift hat.

Da muß Kleist ihm recht geben. Er hat eine Scheu, dem Mainzer von der Zeit zu sprechen, da er als fünfzehnjähriger Fähnrich des Königs von Preußen seine Stadt belagert hat. Elf Jahre ist es her und war in einem andern Leben. Die Erinnerung daran wäre ihm ganz geschwunden, hätte er sie nicht durch Worte befestigt, mit deren Hilfe er sich nun, so oft er will, jenes Erlebnis heraufrufen kann: Wie er gegen den Abendwind und gegen den Rhein hinauf ging und die Wellen der Luft und des Wassers ihn zugleich umtönten, daß er ein schmelzendes Adagio hörte, mit allen melodischen Wendungen und der ganzen begleitenden Harmonie.

So hat er es – getreu, will er hoffen – der Wilhelmine von Zenge viel später in einem Brief beschrieben, und er war sich bewußt, daß die Verführung der Worte ihn fortriß, weit weniger das Bedürfnis, sich einem bestimmten Menschen mitzuteilen, denn bedenkenlos braucht er ja die gleichen Wendungen in Briefen an verschiedenste Personen, so daß er einer jeden, das fühlt er wohl, die letzte Vertraulichkeit schuldig bleibt. Selbst dann, wenn er der Braut ihren Mangel an Liebe vorwarf, richtete er alles: die Klagen, die Anklagen, jeden Federstrich an sich. Da er es nicht ändern konnte, hätte sie es dulden müssen, auch wenn das zuviel verlangt war. Was die Frankfurter Gesellschaft ihm nachredet, kann er sich denken, bis in die einzelne Wendung hinein. Die Braut hinhalten, dann sitzenlassen. Warum trifft es ihn. Warum dieser Horror, sich ihrem Urteil zu stellen? Warum, da die Entfernung sich nicht bewährt hat, immer noch die Versuchung: lieber sterben, als das.

Ach: weil ihrem Vorwurf sein Selbstvorwurf begegnet. Unmoral! Die wissen nicht, was das ist. Er weiß es. Dem Leben schuldig bleiben, was es fordert, den Lebenden, was sie fordern müssen, wahres Leben nur fühlen, indem man schreibt … Dieses schlimme halbe Jahr in Wedekinds Haus – in einem geheimen Sinn war es ihm eine unbeschreibliche Erholung: Sein Zustand verbot ihm, an Schreiben auch nur zu denken. In Todesnähe fällt dieser Zwang weg. Man lebt, um zu leben. Wie das ausdrücken.

Man sollte an anderes denken.

Hofrat Wedekind weiß: Wenn sein Patient so in sich selbst versinkt, ist es Zeit, ihn abzulenken. Er will doch etwas über die Gesellschaft hören.

Ach die. Nett eigentlich, nicht? Recht nett. Irritabel sei ihm nur: Er wüßte, falls es dazu kommen sollte, jene Frau da drüben nicht anzureden.

Wie bitte? Nur kein Befremden zeigen, Wedekind wird sich hüten. Es handelt sich um die Günderrode, die den Kleist zu beschäftigen scheint. Dem Manne kann geholfen werden. Da sie – die sich übrigens soeben, wenn auch unter anderm Namen, als Dichterin hervorgetan hat – unverheiratet und adlig ist, wäre doch wohl Fräulein, notfalls Demoiselle die rechte Weise, sie anzusprechen.

Trotzdem. Er käme in Verlegenheit, schwer zu sagen, warum. Fräulein kommt ihm unpassend vor. Er kann eine Sache nicht abtun, für die er das Wort nicht findet. Die Bettine natürlich ruft, so oft es tunlich ist, Lina zu ihr hinüber, die aufmerksam, doch ohne das rechte Entgegenkommen den Clemens anhört, der neben ihr die Figur eines Bittstellers macht. Die andern jungen Frauen nennen sie Karoline: Auch das stünde ihm nicht zu; weniger noch, das versteht sich, die Zärtlichkeit Savignys, welche die Günderrode über Gebühr zu freuen schien. Günderrödchen.

Wie sie da steht, sich nicht aufdrängt, sich nicht ausdrücklich entzieht. Dame. Mädchen. Weib. Frau. Alle Benennungen gleiten von ihr ab. Jungfrau: lächerlich, beleidigend sogar; später will ich darüber nachdenken, wieso. Jünglingin. Kurioser Einfall, weg damit.

Kleist unterdrückt das Wort, das ihm zu passen scheint. Dem Widerwillen gegen Zwitterhaftes geht er nicht auf den Grund. Sie dichtet? Fatal. Hat sie das nötig? Kennt sie nichts Besseres, sich die Langeweile zu vertreiben?

Die Günderrode spürt den Blick zwischen ihren Schulterblättern, schüttelt ihn ab. Der Fremde, den Wedekind eingeführt hat, steht stocksteif auf dem gleichen Fleck, allein. Jemand müßte sich seiner annehmen. Warum nur Merten, sonst ein untadliger Gastgeber, seine Pflichten versäumt. Da steht er und applaudiert der Bettine, kriegt seine Augen nicht von ihr, läßt sich an der Nase herumführen, als wär er nicht Mitte vierzig und ein gesetzter Kaufmann und sie ein junges Ding von kaum zwanzig, der närrische Mensch. Wenn er wüßte, wie sie nachher bei mir über ihn spotten, meine Vorhaltungen zurückweisen, alle Verantwortung ablehnen wird: Jeder mache sich auf eigne Rechnung zum Hanswurst, wird sie sagen; sie täte es ja auch. Da hat sie recht. Was geht mich übrigens der fremde Gast eines fremden Hauses an. Vielleicht gibt sich nachher die Gelegenheit, diesen Kleist wissen zu lassen, daß ich sein Stück gelesen hab. Den Autor möcht ich sehen, dessen Laune sich nicht augenblicklich bessert, wenn in Gesellschaft sich einer als sein Leser bekennt.

Sie muß ihm ja nicht erzählen, daß es ausgerechnet Merten war, der ihr das Drama gegeben hat, enttäuscht übrigens, da er sich nach dem Titel, ›Die Familie Schroffenstein‹, eins der üblichen Ritterstücke erhofft hatte, und daß sie es las, weil von Mainz herüber merkwürdige Gerüchte über den jungen Menschen kamen, der in desolater Verfassung den Winter über bei Hofrat Wedekind untergekrochen war. Diesem Kindergesicht allerdings traut man die Seelenstürme, auch die wilden Verbrechen nicht zu, von denen sein Drama strotzt. Er ist ja noch sehr jung.

Sie muß lächeln; sie selbst ist jünger als er.

Jetzt steht die Sonne in gleicher Höhe mit den vier Fenstern, die alle nach Südwesten hin offen sind. Eine Luft weht herein, so leicht, daß die Günderrode sie fast nicht atmen kann. Manchmal, wenn sie luftknapp auf ihrem Bette liegt, denkt sie, sie brauche doppelt soviel Luft wie andere Menschen, als verwende ihr Körper einen Vorrat für heimliche Zwecke.

Eine Wanduhr schlägt eilig dreimal, fein und spröde wie ein Spinett. Kein Grund, auf einmal derart trostlos zu sein. Eine halbe Stunde ist sie hier, und schon möchte sie fort, fühlt die Kälte aufsteigen, die diesem Zwang gewöhnlich folgt. Den Clemens will sie los sein, er ist ihr lästig. Er fühlt nicht, worüber er zu schweigen hätte, und sie, durch eine alte Rücksicht gegen ihn befangen, unfähig an jenen Vorfall vor drei Jahren zu rühren, muß ihn gewähren lassen. Sie spürt ihre Gesichtshaut sich spannen, um undurchlässig gegen seine Blicke zu sein, die ihr Mund, Stirn, Wangen abtasten. Unleidlich ist es ihr, was ein Mann sich ohne weiteres gegen eine Frau herausnehmen darf, und daß die seine Zudringlichkeit nicht abwehren kann, ohne am Ende als die Spröde, Zimperliche, Unweibliche dazustehen.

Ihre Gedichte also, da er darauf besteht. Sie will nicht darüber sprechen, will keinem Menschen, ihm am wenigsten, preisgeben, daß sie verletzt, beschämt, eigentlich mutlos ist. So sagt sie: Sie habe es nie bereut, ihre Gedichte herausgelassen zu haben, leicht und unwissend, was sie tat, die Schranke überwunden zu haben, die ihr innerstes Gemüt von der Welt schied. Clemens nicht, keiner soll von ihr hören, wie es sie traf, daß ein dummer böser Zufall die Person enthüllte, die sich hinter dem Dichternamen Tian verbarg.

Aber die Rezension im ›Freymüthigen‹? Wolle sie ihm weismachen, die hätte sie nicht getroffen?

Getroffen? Mein Gott. Wer sich in die Hand der Öffentlichkeit gibt...

Der Kritiker soll ein Landsmann von ihr sein, ein Frankfurter?

Allerdings. Ein Hofmeister übrigens, der mit E. zeichne.

Ein Hofmeister! Clemens hat gehört, daß er mit eignen Poesien gescheitert ist und sich, so gut es eben geht, an jedem Talent rächt, hinter dem nicht mächtige Gönner stehen. Neid, das müsse sie wissen, sei eine unglaubliche Triebkraft.

Nun ja. Die Günderrode kann nicht sehn, daß diese Einsicht das mindeste an dem Vorgang bessern soll; der herablassende Ton des Rezensenten, seine Balance zwischen falscher Schmeichelei und anmaßendem Tadel, der seinem Opfer nicht erlaubt, Wirkung zu zeigen; Satzfetzen, mit genauer Berechnung in den Text gestreut, damit sie mit hundert Widerhaken in ihrem Kopf festsitzen. »Ein schönes, zartes, weibliches Gemüt«; dessen »etwas alberne Anpreisung in einem öffentlichen Blatte« – als hinge der Ton einer Anpreisung irgend von ihr ab! Wörter wie »Schnürbrust«, »Hanswurstjacke«. Vor allem aber: Mancher habe Reminiszenzen und halte sie für Originalideen.

Die erste wilde Reue, mit ihren Bekenntnissen unter die Leute gegangen zu sein, hat sich gelegt. Dem Clemens, der sich empört stellt, der wohl empört ist, spielt sie Gelassenheit vor. Aber ein feines Gift ist aus diesen Zeilen in sie eingedrungen, untilgbar, und eine neue Art von Furcht. Sehr stark fühlt sie die Versuchung, sich fallen zu lassen. Wegzugehn, sich zu verkriechen, das letzte, unauffindbare

Versteck aufzusuchen, wo keiner sie aufstöbern kann, nicht Freund, nicht Feind. Man wird sie nicht demütigen. Sie hat das Mittel dagegen und wird es zu gebrauchen wissen. Welch ein Trost, daß man nicht leben muß.

Der Clemens, in seinem Übereifer, nennt das falsche Lob des Skribenten läppisch, seine Rüge sanft gemein, den Schreiber selbst einen undelikaten Menschen, einen Schmierer in einem Blatte, welches jeder Ladenbursche lese.

Clemens, sagt sie endlich, lassen Sie es genug sein. Daß ich schreiben muß, steht mir fest. Es ist eine Sehnsucht in mir, mein Leben in einer bleibenden Form auszusprechen. Und kein Beifall zu meinen Gedichten hat mich so gefreut wie der Ihre. Aber halten Sie mich für so selbstvernarrt, daß ich nicht wüßte, wie weit ich davon entfernt bin, meine Sehnsucht zu verwirklichen?

Clemens, den sie bewundert, muß es doch wissen: Das Ungenügen mit sich selbst ist der eigentliche Stachel. Diese Scham, er muß sie genauer kennen als sie.

Die Bettine mit ihren besorgten Blicken. Natürlich ist sie es gewesen, die den Bruder bestimmte, von Offenbach mit herüberzukommen. Die Günderrode war doch unangenehm berührt, als sie beim Eintreten ihn als ersten sah und neben ihm die Mereau, Sophie – eine Schönheit zweifellos, die ehemalige Gattin des Jenenser Professors, um die Clemens so beharrlich, so inständig warb, daß sie am

Ende – verstört und ungewiß, wem ihr Gefühl sich zuneigte – dem Manne folgte, der sie am rücksichtslosesten beanspruchte.

Den ganzen Seelenroman der Mereau las die Günderrode in deren erstem Blick: schuldbewußt, trotzig, auftrumpfend und verzweifelt. Ihr Kind? Ja, zum Glück, jetzt war es gesund, außer Gefahr.

Wie sie das freute! Die Günderrode drückte die Sophie an sich, es schien die andre zu verwundern und glücklich zu machen. Öfter begegnete es der Günderrode, daß andere Frauen ihr Urteil suchten, sie verstand es nicht. Sophie, sagte sie, ein Kind! Das muß Sie stolz machen. Ich wüßte nichts Wichtigeres. – Fast hätte sie hinzugesetzt: Ich werde nie eins haben.

Clemens, der beinah ängstlich die Begegnung der beiden Frauen beobachtete, mischte sich ein: Wie tüchtig die Sophie sei; wie sie, vierzehn Tage nach einer schweren Niederkunft, gefährliche Berge mit ihm beklettert habe. Man könne sie auf den Kopf stellen, sie falle immer wieder auf die Füße.

Die Frauen verständigten sich: Wie kindisch Männer sind.

Clemens, in Besitzerstolz, fuhr fort, von seinem Kind zu sprechen. Es gefalle ihm im ganzen sehr wohl. Wenn er es in den Händen halte, habe er eine große Freude an ihm.

Eine geschwätzige Freude, lieber Clemens, warf die Sophie ein.

Mag sein, erwiderte der, leicht verstimmt. Es recht mit allem Apparat zu lieben, wage ich nicht. Es wäre imstande und packte diese Liebe ein und ginge mit ihr in die andere Welt.

Da hören Sie es, sagte die Mereau zur Günderrode. Noch keine Menschenseele hat er recht mit allem Apparat zu lieben gewagt. Was er wirklich liebt, ist: darüber sich mitzuteilen.

Jetzt verleumde man ihn! rief der Clemens klagend, und seine Frau griff den Ton auf, sie lachten zu dritt. Die Bettine kam hinzu, musterte sie und sagte dann, sie seien merkwürdige Leute: Ihre Augen sprächen eine andere Sprache als ihre Münder. Ihr Bruder nannte sie vorlaut und zog sie am Haar. Später sagte die Günderrode leise zur Bettine, sie wollte doch einmal darüber nachdenken, was es bedeute, daß die ernstesten, schmerzlichsten Dinge in einer Maskerade unter die Leute kämen; ob nicht eine schwere Krankheit des Gemeinwesens sich hinter so viel lächelnden Mündern verstecke.

Die Bettine verstand sie gleich. Sie bat nur um Nachsicht für den Bruder, der im Innersten gut sei, und unglücklich.

Aber ich trage ihm doch nichts nach! Sogar die Bettine will es nicht glauben. Mir ist es selbst oft merkwürdig, daß ich nicht hassen kann, daß ich Beleidigungen, die man mir antut, vergesse, niemals aber ein Unrecht, das ich jemandem zugefügt habe. Warum zwingen sie mich, jener unglückseligen Stunde wieder zu gedenken.

Über einen Punkt ist sie mit sich scharf ins Gericht gegangen: Sie hat ihm keinen Vorwand, geschweige ein Recht gegeben zu dem Versuch, sie zu überwältigen. Sie weiß, die Frankfurter Gesellschaft nennt sie kokett: gewöhnliche Eifersucht unbegehrter Bürgerstöchter, gewiß, aber es trifft sie doch. Zu gut kennt sie die Gründe, die in einer Frau ein unbewußtes Entgegenkommen dem Mann gegenüber erzeugen können: Selbstverlorenheit, Angst vor schmählicher Einsamkeit. Der Mann, von seiner Eigenliebe getrieben, sich für unwiderstehlich zu halten, weiß noch so versteckte Winke als Aufforderung auszulegen. Selbstmißtrauen ist angebracht, um so mehr, da sie sich unberechneter und unbegrenzter Hingabe für fähig hält. Im Falle des Clemens aber ist sie sicher: Er hat sie verkannt. Sie muß es ihm sagen.

Er staune, sagt er, wie sie so von einem festen Bewußtsein des eignen Wertes durchdrungen sei; wie sie es sich herausnehme, in einem für ihr Geschlecht ungewöhnlichen Maße gerecht zu sein. Sie sei hochmütig, ob sie das wisse.

Das hört die Günderrode nicht zum erstenmal, es hat keinen Sinn, sich dagegen zu wehren. Ich kenne meine Schwächen, sagt sie. Sie liegen nicht da, wo Sie sie suchen.

Daß wir nicht darauf rechnen können, gekannt zu werden.

Diese Frau ist unbeugsam; herrisch zu sein, hat sie nicht nötig. Sie weckt Kleist seltsame Erinnerungen. Jetzt, da sie versöhnlich lacht, den Brentano, als habe sie ihm etwas abzubitten, leise an der Schulter berührt, da die kleine verschnörkelte Uhr auf dem Kaminsims einen dünnen Schlag tut, den keiner hört außer ihm – eben jetzt erinnert er sich der losen Haarnadeln seiner Wilhelmine. Er sieht sich und sie leibhaftig in der Sommerlaube hinter dem Zengeschen Haus in Frankfurt an der Oder, durch das dichte Geißblatt vor Blicken geschützt, das Buch, Voßens ›Luise‹, auf dem kleinen weißen Tischchen zwischen sich. Wilhelmine, den Kopf geneigt, weich gestimmt, erlaubt ihm, ihr Haar zu lösen, dessen Beschaffenheit seine Fingerspitzen nicht vergessen haben; wie er noch weiß und immer wissen wird, was er empfand: Verlegenheit und Schuld. Jetzt rührt es ihn, dieses Bild; warum hat es ihn so peinlich kühl gelassen, als es keine stumme ferne Szene, sondern eine wirkliche Liebesstunde gewesen: Er der Liebende, der, weiß Gott, nicht zu betrachten, sondern zu handeln aufgefordert war, und Wilhelmine, das arme Mädchen, kein Phantasiegebilde nach der Miniatur – die er ihr ja übrigens, wie es sich gehört, wieder zugestellt hat –, sondern die nahe, zärtliche Braut. Das feine Arom von Enttäuschung, das den Vorgang durchdringt.

Ach diese angeborene Unart, immer an Orten zu sein, wo ich nicht lebe, oder in einer Zeit, die vergangen oder noch nicht gekommen ist.

Da, kurz ehe das Bild auf seinen Gedankenbefehl hin verblaßt, fällt ihm noch ein, was er nicht wissen will: Damals war es, daß er zum ersten und auch zum einzigen Mal von seinem Traum gesprochen hat. Die Mitteilung seiner innersten Geheimnisse ist ihm Bedürfnis, er hat, unter welchen Anstrengungen!, gewaltige Wälle dagegen in sich errichten müssen. Seine Sprachhemmung, denkt er manchmal, die ihn in Gesellschaft überfällt, sei ein Mittel, mit dem die Natur ihm zu Hilfe kommen will: Das wäre, wie er sich die Natur jetzt vorstellt. An jenem Nachmittag aber, von einer Fühllosigkeit niedergedrückt, die er nicht zugeben und doch erklären wollte, durchbrach er das Gelübde und erzählte der Braut den Traum, der ihn heimsuchte, seit er den Abschied vom Militär genommen, und aus dem er jedesmal in Tränen erwachte.

Immer sah er ein zottiges Tier, einen Eber wohl, ein wildes, schönes, rasendes Geschöpf, dem er nachjagte in atemlosem Galopp, ihm Zügel anzulegen, es zu besteigen, es sich zu unterwerfen. Wenn er es auf Schrittweite einholte, sein bräunliches Fell dicht vor Augen hatte, von seinem heißen Atem gestreift wurde – erreichen konnte er es nie. Und jedes einzige verfluchte Mal, wenn er so ausgepumpt war, daß er zu Boden ging, das Vieh ihm zu entschwinden drohte, griff er doch wieder nach der Muskete, die sein allgegenwärtiger unbekannter Feind ihm reichte, legte an, zielte, schoß. Das Tier sich aufbäumend, stürzend, zuckend verendend.

Danach, entsinnt er sich, schwiegen sie lange, bis er sah: Wilhelmine weinte. Er fragte sie nichts, streichelte ihre Hand und fühlte endlich, was er vorher vermißt hatte: daß er sie lieben könnte. – Kleist, sagte sie schließlich, und schien gefaßt: Mit uns beiden, das wird nichts. Wir werden niemals Mann und Frau. – Da hatten sie in ein paar Minuten alles durchlebt, was sich dann noch – warum bloß! – über Jahre quälend hinzog.

Die alte nutzlose Trauer will ihn überkommen, vor der er sich fürchtet. Die Fäden zu jener Vorzeit zerreißen, das muß er lernen, Wedekind hat recht. Wenn einer sich seiner Bestimmung so spät bewußt wird, muß der Preis, den er zahlt, allerdings hoch sein. Warum nur will mir das nicht in meinen Schädel.

Jener Traum. Daß er ihm folgt, all die Jahre schon. Daß er sich kaum verändert, ihn jedesmal, entgegen aller Vernunft, derart erschüttert: Es kann doch nur heißen, daß er immer wieder vor dem gleichen Zwiespalt steht, der ihn ängstigt: Er hat die Wahl – falls das eine Wahl zu nennen ist –, das verzehrende Ungenügen, sein bestes Teil, planvoll in sich abzutöten oder ihm freien Lauf zu lassen und am irdischen Elend zugrunde zu gehn. Sich Zeit und Ort nach eigner Notwendigkeit zu schaffen oder nach gewöhnlichem Zuschnitt zu vegetieren. Recht hübsch das. Die Mächte, die ihn in ihren Klauen haben – durch Geringschätzung beleidigen sie ihn nicht. Das wird die einzige Genugtuung sein, die er in seinem Leben erfährt. Und er wird sich ebenbürtig zeigen. Kein andrer wird das Urteil an ihm vollstrecken als er selbst. Die Hand, die schuldig werden mußte, vollzieht die Strafe. Ein Schicksal nach seinem Geschmack. Wollüstig schaudert es ihn vor dem Blick in die innere Maschinerie der Seele. Wer sich an solche Blicke, an derartige Einsichten gewöhnt, verfällt keiner anderen Sucht, bedarf keines anderen Rauschmittels. Auch der Liebe nicht. Und wird keine Stunde frei von Schuldgefühl mehr kennen. Wer so hoch spielt, mit sich selbst als Einsatz, soll auf Gefährten nicht rechnen. Nicht auf das gemeine Glück, zu andern ganz wahr sein zu können.

Kleist bricht der Schweiß aus, in Sekunden ist sein Körper naß. Er fühlt sich bleich werden; wieder die Schwäche in den Beinen. – So setzen Sie sich doch! – Der Hofrat. In solchem Augenblick ist auf ihn Verlaß. Er stellt sich, wie zufällig, mit seinem schweren breiten Körper so vor Kleist, daß er ihn vor den andern verdeckt. Er reicht ihm ein Tuch. Er übergeht den Vorfall, wie sie es geübt haben. Erleichtert beobachtet Kleist, wie der Anfall vorübergeht, die Unruhe sich zurückzieht, ehe sie zur Angst, zur Beklemmung hat werden können. Die Damen, Herr Hofrat, sagt er, die Damen hier setzen mich in Erstaunen.

Ja, die Damen! Das will ihm der Hofrat gerne glauben. Scherzhaft, mit einem Anflug von Selbstbehaglichkeit, preist er die rheinische Luft, die gewiß ein andres Wachstum begünstige als der preußische Sandboden. Obwohl er, Wedekind, nicht in den Verdacht kommen wolle, die Tugenden geringzuschätzen, die man, wie sonst nirgendwo, bei den Preußen lernen könne: Strenge, Pflichterfüllung, Selbstzucht.

Kleist hört seinen Vater, seinen Onkel reden. Ach, sagt er, höflich bis zur Albernheit, im Ausland mache man sich übertriebene Vorstellungen davon. Wir Preußen, sagt er, sind schließlich auch Menschen.

Nur jetzt nicht lachen müssen, er fände kein Ende.

Übrigens: Savigny? sagt der arglose Wedekind. Ihn werden Sie doch bemerkt haben?

Kleist versteht.

Wedekind hat ihn eine Methode gelehrt, seiner zwanghaften Vorstellung, jedermann befasse sich insgeheim mit seinen Schwächen, entgegenzuwirken: Alle Sinne und Seelenkräfte zusammennehmend, soll er sich in ein Mitglied des Kreises versenken, in dem er sich gerade befindet. Sein Interesse würde sich so von ihm weg auf einen andern richten, und jene Beklommenheit würde weichen, die gewöhnlich in Schwermut endete.

Savigny also. Unglückliche Wahl. Ausgeschlossen, ihn nicht zu bemerken; ausgeschlossen, es nicht gewahr zu werden, wenn das eigne Gegenbild einem gegenübertritt. Der Mensch, an dem man ablesen kann: Es gibt sie, die glückliche Hand der Natur. Es gibt die Perfektibilität ihrer Geschöpfe. Savigny, der Mann, der sich sein Schicksal selber macht. Reich; unabhängig; souverän. Früh seines Wertes, womöglich sogar seiner Grenzen bewußt. An nichts gefesselt als an ausführbare Pläne und Ziele. Berufung zum Rechtsgelehrten – warum denn nicht. Kleist verbietet sich das Vorurteil gegen einen Mann, der einem Amt zustrebt.

Seine Stimmung schlägt um, das kennt er. Erniedrigt er sich so weit, diesen Savigny um die Ungezwungenheit, die Festigkeit im Umgang mit seinesgleichen zu beneiden? Um seine Art, mit Frauen zu verkehren, die ihm nicht widerstehn können? Daß die Bettine sogar, das quirlige Mädchen, ruhig, beinah sanft geworden ist, nachdem Savigny sie bei der Hand genommen und eindringlich, doch freundlich mit ihr gesprochen hat? Obwohl sie, Kleist möchte es schwören, den selbstgewissen Mann kalt läßt.

Es zerreißt ihn, daß er denen nichts gilt. Das Werk ist nicht geschrieben, mit dem er auch diesen hier einst Schläge versetzen wird, daß sie in die Knie gehn sollen. Kein Vorgefühl sagt ihnen, wer der stumme Fremdling in ihrem Salon in Wirklichkeit, das heißt in seiner eignen

Vorstellung, ist. Gerüchte mögen sie erreicht haben; denkbar, wie der Klatsch in den reicheren Häusern an Rhein und Main blüht. Kleist fängt Blicke auf, die ihn erbittern.

Endlich. Man bittet zum Tee.

Ein frisches, ganz junges Mädchen bringt das Tablett herein und wird von der Bettine eine Spur zu überschwenglich begrüßt. Die Günderrode bemerkt ein Unbehagen auf dem Gesicht des Gastes aus Preußen. Sie kennt die Bettine. Ihm muß es exaltiert vorkommen, wie sie das Mädchen bei der Hand nimmt, seinen Namen nennt, Marie, und allen kundtut, die Lieder, die sie am Klavichord probiert, habe sie von diesem Mädchen erfahren, das, außer in Volksliedern und Märchen, in der Botanik der Gegend bewandert sei wie keine zweite. Sie nimmt zwei Teetassen vom Tablett, bringt sie der Günderrode und Clemens, kündigt dem Clemens einige Perlen für seine Volksliedersammlung an, Melodien, die wie durch einen Magnet mit den Texten zusammenhängen. Der Bruder geht nicht auf sie ein, sie fragt nichts, streift die Gesichter der beiden mit einem forschenden Blick und zieht sich zu dem großen ovalen Tisch zurück, an dem die meisten, auch Kleist, Platz nehmen. Zuckergebäck wird herumgereicht, in durchbrochenen Porzellankörbchen. Einen Augenblick ist es ganz still. Die Günderrode hört ihren Herzschlag, und eine unsinnige Hoffnung schießt in ihr auf. Dann sagt Gunda Savigny: Jetzt ist ein Engel durchs Zimmer gegangen.

Clemens zieht eine Grimasse, er mag das leicht sentimentale Wesen dieser Schwester nicht. Die Günderrode kann sich nicht die leiseste Regung gegen Gunda erlauben, sie weiß, der Freundschaftsbund mit Savigny hat nur Bestand, wenn sie sich strikt an die Satzungen hält: daß es ein Bund zu dritt ist, mit Gunda als der Dritten. Die Günderrode muß lächeln. Nicht Gunda ist die Dritte in diesem Bund: Sie selbst ist es, was immer die andern beiden ihr beteuern mögen. Liebe bindet stärker als Freundschaft – wer sollte es wissen, wenn nicht sie.

Worüber sie gelacht hat. Ach Clemens! Nur frei heraus, er fange schon an, sich an ihren heimlichen Spott zu gewöhnen; daß sie ihn so lange im unklaren gelassen über ihr poetisches Talent, ihm nicht einen ihrer Versuche gezeigt habe: Akkurat zu seiner Beschämung habe sie hinter seinem Rücken dieses Bändchen auf den Markt gebracht.

Warum ist sie mitgekommen. Sie hätte sich kennen sollen. Sich einzureden, der freie Platz in der Mertenschen Kutsche, die inständigen Bitten ihrer Freundinnen Paula und Charlotte Servière – der Zwillinge, die jedermann in einem Atemzuge nennt – seien Gründe. Der wirkliche Grund, jetzt sieht sie ihn klar und versteht auch ihr eigentümlich heftiges Widerstreben: Sie mußte

Savigny wiedersehn. Immer ist es Leidenschaft, wenn wir tun, was wir nicht wollen.

Clemens kann sich nicht beruhigen, daß er eine solche Vollendung in ihrem Gemüt, wie ihre Gedichte sie ausweisen, nicht bemerkt haben soll. Er habe weinen müssen, sagt er, über das wunderbare Geschick seiner Empfindungen; denn er glaube, in ihren Gedichten Anklänge an seine eigene Empfindung herauszuspüren.

Nur ruhig. Daß ich mich lange noch nicht dazu erzogen habe, auf alles gefaßt zu sein.

Clemens, sagt die Günderrode, einem Mann hätten Sie das nicht gesagt. Warum wollen Sie mir nicht zugestehn, daß ich in der Poesie wie in einem Spiegel mich zu sammeln, mich selber zu sehen, durch mich hindurch und über mich hinaus zu gehn suche. Unsern Wert im Urteil der andern, der Nachwelt gar, haben wir nicht in der Hand, und ich kümmere mich nicht darum. Aber alles, was wir aussprechen, muß wahr sein, weil wir es empfinden: Da haben Sie mein poetisches Bekenntnis.

Schon gut, sagt sie zu sich selbst, nur nicht zu hoch hinaus, nur nicht zu geschraubt und feierlich und selbstgerecht. Ich kann beides verfehlen, Leben und Schreiben, doch habe ich keine Wahl. Und auch die Freundschaft versagt mir ihre glücklichen Täuschungen.

Ja! sagt Clemens unerwartet bitter, als habe er mitgehört, so sind Sie. Immer zurückhaltend, immer beherrscht.

Immer streng mit sich und andern. Immer mißtrauisch. Du liebst mich nicht, Karoline, und hast mich nie geliebt.

Waren sie nicht übereingekommen, über diesen Punkt Stillschweigen zu bewahren? Es ist genug, übergenug, sie ist sehr müde. Was redet er noch. Meinen besten, meinen einzig wahren Freund nennt er sich. Wüßte er, daß ich jetzt nichts empfinden kann als die Furcht, innerlich abzusterben, als Entsetzen vor der Öde, die sich in mir ausbreiten wird, wenn die Jugend mich verläßt. Mein Freund, meine Freunde! Nur zu gut verstehe ich ihre Blicke. Unheimlich bin ich ihnen, doch können sie nicht sagen, warum. Ich weiß es: Ich bin unter ihnen nicht heimisch. Wo ich zu Hause bin, gibt es die Liebe nur um den Preis des Todes. Und ich staune, daß diese offenbare Wahrheit niemand außer mir zu kennen scheint, und daß ich sie, wie Diebsgut, in den Zeilen meiner Gedichte verstecken muß. Wer den Mut hätte, die wörtlich zu nehmen, sie mit natürlicher Stimme zu sprechen, wie eine andre Bekanntmachung auch. Sie würden das Fürchten lernen.

Auf einmal sieht sie, wie es ihr oft geschieht, abgelöst von sich und allen, das Muster, das die Beziehungen der Menschen in diesem Raum abgeben würden, als grafische Zeichnung auf einem riesigen weißen Papier, merkwürdiges Gewirr vielfältig verbundener, unterschiedlich starker, auch plötzlich unterbrochener Linien. Eigenartig schöne Darstellung, die sie kaum betrifft. Sie sieht den Punkt, den alle Linien meiden, um den ein freier Flecken sich gebildet hat: Kleist. Der niemanden kennt als seinen Arzt und der sich an keinen wendet als an ihn. Es rührt sie, wie er seine Füße hinter die Stuhlbeine klemmt, wie er die Teetasse, die längst leer ist, weiter in der Hand hält. Fordert die Höflichkeit, ihn ins Gespräch zu ziehn? Gebietet sie eher, ihm seine Ruhe zu lassen, auf die er wohl Wert legt? Seinen Blick, dem die Günderrode schon einige Male begegnet ist, weiß sie sich nicht zu deuten.

Auch einer, der sich zu ernst nimmt.

Kleist denkt: Der Brentano scheint Rechte auf sie zu haben. Wie Wedekind auf mich.

Unbestritten, dem schuldet er Dank. Wedekind hat ihn aufgenommen, wie man einen zum Sterben Kranken aufnehmen soll, rückhaltlos und ohne Fragen zu stellen. Daß er ihn gerettet hat – wohl möglich; aber wo steht geschrieben, der Gerettete habe seinem Retter zu folgen, wohin der ihn zieht?

Kleist kennt kein peinigenderes Gefühl als die Scham.

Als wüßte er nicht, was ihn an Wedekind kettet. Eines Kranken sich anzunehmen – dazu mochte ein Arzt wohl verpflichtet sein; die Art der Rettung ist es, die Kleist weder sich noch ihm verzeiht. Mag es der Gipfel der Undankbarkeit sein, dem Arzt insgeheim vorzuwerfen, daß er die Starre seines Patienten zu lösen wußte, indem er mit Erfolg das einzige Mittel gegen sie anwandte: ihn zum Reden zu bringen; den Mann, der sich für vernichtet hielt und hartnäckig auf seiner Stummheit bestand, mit teilnehmenden Fragen allmählich herauszulocken. Kleist wird es nie vergessen, wie wohltuend und zugleich entwürdigend es war, auf behutsame Anstöße schließlich doch zu erwidern; wie er danach verlangte und es zugleich verabscheute. Denn er bemerkte es wohl, wie der Hofrat ihm seine eignen Sätze, mit denen er fürchterlich genau seinen Zustand beschrieb, zu einem Seil knüpfte, an dem er ihn Stück um Stück aus der Gefahr zog. Ein Bild, das man wörtlich nehmen muß. Kleist fühlte sich, als er, von Frankreich kommend, in Mainz zusammenbrach, zerschmettert am Boden eines Schachtes, und jeder war ihm unerträglich, der dies Gefühl nicht mit ihm teilte; auch der Arzt, dem Gemütsruhe und Gesundheit im Gesicht geschrieben standen. Vernunft, Mäßigung, Ökonomie der Kräfte – ja und nochmals ja! Wie soll der Gesunde den Kranken verstehn? Der Hofrat hielt seine Ermahnungen zurück, um den Patienten nicht zu reizen. Der beruhigte sich etwas – merkwürdiger Mensch –, als er den Vergleich gefunden hatte, der sein Befinden am deutlichsten umschrieb: Er sei in ein Mühlwerk gefallen, das ihm jeden seiner Knochen einzeln zerbreche und ihn zugleich zerreiße.

Kein Zweifel: Der Mann litt. Der Arzt sah ihn sich krümmen, er hörte ihn stöhnen wie auf der Folter. Kleist erinnert sich, daß der Schmerz ihm Geständnisse erpreßt hat, Versuche, den Schmerz zu beschreiben. Das erträgt kein Mensch lange, Doktor. Einmal muß es nachlassen oder mich töten.

Kleist weiß seitdem, daß Worte die Seele nicht malen können, und glaubt, niemals mehr schreiben zu dürfen.

Dann wieder ging er durch die winterkalten Straßen von Mainz in unsäglicher Verlassenheit, die er mit Ruhe verwechselte bis ein zufälliger Blick auf einen in Stein gemeißelten Adler über einer Toreinfahrt, den er für den preußischen nahm, ihn bis auf den Grund aufwühlte und ihn in Tränen zu Wedekinds Haus zurücktrieb. Können Sie sich einen Menschen vorstellen, Doktor, der hautlos unter die Leute muß; den jeder Laut quält, jeder Schimmer blendet, dem die leiseste Berührung der Luft weh tut. So ist mir, Doktor. Ich übertreibe nicht. Das müssen Sie mir glauben.

Ich glaube Ihnen, hat Wedekind gesagt, nicht ohne Bewegung, und ist am Bett des Erschöpften sitzen geblieben, der mit den eignen Armen, wie um sich festzuhalten, seinen Körper preßte und mit dem Kopf auf dem Kissen hin- und herschlug, bis er schließlich einschlief. Vor kurzem erst hat der Hofrat seinem Gast zu verstehn gegeben, er meine die Benennung für seine Krankheit in der Literatur gefunden zu haben, zugleich mit ihrer exakten Beschreibung; er wolle es ihm aber nicht antun, ihm die Inständigkeit und Würde seines Leidens mit einem trocken wissenschaftlichen Ausdruck in Frage zu stellen; er hege auch

Zweifel, ob die Wissenschaft, deren Methode die sachliche Verallgemeinerung, in Fällen höchster persönlicher Pein überhaupt zuständig sei, weil ihr die lebensverändernde Erfahrung des Heimgesuchten fehlt: daß es einen Schmerz zum Tode gibt.

Der gute Hofrat. Er muß seit langem gewußt haben, daß die Menschen am liebsten unter Lasten zusammenbrechen, die sie sich selbst auferlegen, aber ein Mensch wie ich, denkt Kleist mit verquerem Humor, der seinen eignen Untergang so höllisch präzis herbeiführt, ist ihm noch nicht begegnet. Sein Dogma von der Willensfreiheit des Menschen, auf das er sich so viel zugute hielt, hat er fahrenlassen, und sein Kinderglaube, ein jedes Übel trage seine Heilung in sich selbst, wurde an mir zuschanden. Etwas zerreibt Sie, Kleist, über das Sie nicht Herr sind. Wie wahr. Das Unglück, Herr Hofrat, von Bindungen abzuhängen, die mich ersticken, wenn ich sie dulde, und die mich zerreißen, wenn ich mich löse. Dies ist ein Übel, das mit den Jahren nicht sanfter, nur schneidender wird.

Der Hofrat, der den Stolz dieses Menschen fürchten gelernt hat, mag hoffen, Kleist habe die erniedrigenden Szenen der ersten Tage vergessen; doch der, zu seiner Pein, hat alles behalten. Daß er geweint, ja geschrien, daß er den Hofrat, einen Wildfremden, um sein Mitgefühl angefleht hat; daß er sich hinreißen ließ, Namen preiszugeben, die ihn am meisten brannten: Ulrike, Wilhelmine. Daß er das

Bild eines Verzweifelnden gab, den eine Verschuldung, ein Versagen zu Boden drückte, bis Wedekind, außer sich, ihn eines Tages an den Schultern rüttelte und ihn anschrie: Was denn, Menschenskind, haben Sie sich vorzuwerfen! Worauf Kleist tobte bis zur Ermattung, dann eine Nacht und einen Tag durchschlief und, als er erwachte, ruhig und gefaßt erklärte, er wisse nun, was er zu tun habe: Er werde Tischler. Kleist knirscht mit den Zähnen. Wenn es ein Mittel gäbe, den Apparat in seinem Kopf abzudrehn, den man ihm anstelle eines normalen Gedächtnisses eingesetzt hat und der zu nichts anderm imstande ist, als ihm die immer gleiche Gedankenreihe, das immer gleiche, ewigdauernde, marternde Selbstgespräch zu wiederholen, das er all die zahllosen Tage gegen unsichtbare Ankläger zu seiner Verteidigung führen muß, was er auch tun mag, wo er geht und steht, selbst nachts, wenn er gegen vier aus dem Schlaf fährt.

Es ist um verrückt zu werden.

Wie bitte?

Ich? Ach nichts. Ein Versehen. Eine dumme Angewohnheit.

Joseph Merten, der Gastgeber. Spezerei- und Parfümeriegroßhandel zu Frankfurt am Main. Liebhaber der Künste und Wissenschaften.

Ich will doch hoffen, Sie fühlen sich wohl!

Sehr wohl. Bestens. Danke verbindlichst.

Der Mann wird doch nicht zu den Affen gehören, die ihren bürgerlichen Salon mit ein paar Adelstiteln dekorieren müssen, und seien die noch so dürftig. Zwar hat ihm Wedekind versichert, wenigstens das habe die Nachbarschaft zu Frankreich bewirkt: Solche dummstolzen Sitten seien ganz aus der Mode. – Das glaub ich! hat Kleist da ausgerufen. Das ist auch das einzige, wozu dieses verdorbene Volk noch imstande ist: ein paar überfällige Moden abzuschaffen.

Kleist! Wäre es möglich: Sie hassen die Franzosen! Allerdings. Ich hasse sie. Er denkt: Wie man haßt, was man zu sehr geliebt hat.

Der Mann bleibt dem Arzt in vielem ein Rätsel, er zog sich auch, da seine Gesundheit sich festigte, wieder ganz auf sich selbst zurück. Erweckt den Eindruck, wenn er spricht, er täte es aus freien Stücken. Keine Vertrautheiten mehr. Wenn man seine Kräfte zusammenkratzt, daß sie zu einem Sarkasmus reichen, hat man gewonnenes Spiel.

So hat er eines Tages, immer in diesem belustigten Ton, der Familie des Hofrats auseinandergesetzt, wie schwer Papiere brennen – besonders dann, wenn man nur ein elendes, verstopftes, stinkendes und qualmendes Ding von einem Ofen hat, um sie hineinzustecken. Wenn aber endlich doch die Flammen an den Rändern der Blätter lecken, die Seiten in der Hitze sich krümmen, aufflammen, verkohlen: welch eine Hochstimmung und Erleichterung einen da ergreift. Wie frei man sich fühle. Wie unglaublich frei.

Frei? Wovon?

Kleist lachte gekünstelt. Frei von Verpflichtungen, die man sich womöglich bloß eingeredet hat.

Mehr kriegten sie nicht heraus. Wenn nur der Hofrat jenen Brief nicht gelesen hat, Wielands Brief, den eine englische Kugel hatte zerfetzen sollen, zugleich mit seinem Herzen. »Sie müssen Ihren Guiscard vollenden, und wenn der ganze Kaukasus und Atlas auf Sie drückte.« Gütiger Himmel, wie peinlich. Wedekind muß glauben, dies sei der unter Literaten übliche Ton, und danach wäre es nur folgerecht, wenn ein Mensch mit angegriffenem Nervensystem Opfer der übertriebenen Ansprüche seiner Freunde würde.

Wer bin ich. Lieutenant ohne Portepée. Student ohne Wissenschaft. Staatsbeamter ohne Amt. Autor ohne Werk.

Gemütskrank. Das beste wird sein, sich diese Formel zu eigen zu machen, man wird sie brauchen müssen. Nur nicht wieder schreiben. Alles, das nicht.

Die Günderrode kommt quer durch den Raum auf ihn zu, um ihm die leere Tasse abzunehmen. Daß man nicht gehn kann, wenn man will, bloß weil man auf eines andern Kutsche angewiesen ist. Wie auch die Minuten schleichen.

Was geht vor? Die Bettine will sich, so scheint es, irgend etwas aus dem Pompadour der Günderrode nehmen. Ungeschickt. Sie läßt ihn fallen, etwas Blitzendes rutscht heraus, gleitet über das glatte Parkett. Sehr seltsam: ein Dolch. Kleist, geistesgegenwärtig, hebt die Waffe auf, reicht sie der Günderrode.

Ein kurioses Instrument, mein Fräulein, im Puderbeutel einer jungen Dame.

Kurios? Vielleicht. Mir kommt es ganz natürlich vor. Bettine entwindet ihr den Dolch. Schon lange habe sie ihn sich genauer ansehn wollen. Wer hätte auch denken können, daß die Günderrode ihn bei sich trug!

Wie auf ein Signal haben alle sich erhoben. Kleist hört ungewollt, wie Savigny sie leise fragt: Immer?, und wie die Günderrode antwortet: Immer. Savigny schüttelt bekümmert den Kopf. Der Dolch geht von Hand zu Hand, man prüft seine Schneide, findet sie scharf, bewundert den silbernen Knauf. Der Dolch der Günderrode ist für jedermann ein Begriff, Kleist kann nur staunen. Charlotte und Paula Servière, die hübschen Zwillinge, liefern sich ein Scheingefecht, Wedekind geht dazwischen, konfisziert die Waffe, erklärt halb im Ernst, er als Arzt habe das Recht, sie einzubehalten, erwiesener Gefährlichkeit wegen.

Das werden Sie nicht tun, sagt die Günderrode, ungewöhnlich ernst, und unter allgemeinem Schweigen gibt der Hofrat ihr den Dolch mit einer Verbeugung zurück. Gleichmütig verstaut sie ihn in ihrem Beutel.

Undurchschaubarer Vorgang. Der richtige Moment, daß die Flügeltür sich öffnet und ein Bedienter Wein bringt. Es sei aber doch nur von Tee die Rede gewesen! Merten läßt keinen Einwand gelten. Wein gehöre zur Gegend, da könne man von Bewirtung nicht reden. Übrigens sei er vom eignen Weingut, er bürge für die Qualität. Der Mann trinkt gerne, man sieht es.

Kleist hat es beobachtet: Savigny ist über das Dolchspiel verstimmt; er glaubt sich auch nicht zu täuschen, daß die Günderrode Savigny beiseite nehmen, allein mit ihm sprechen will; doch der übersieht ihre Geste, wendet sich, willkommener Vorwand, an Kleist: Sie kommen, hör ich, aus Paris?

Glänzend, Savigny. Das kannst du, mein Freund: hinhalten. Daß das Licht sich trübt und ich steh im Finstern, allein.

Die Günderrode haßt es, von so vielem abzuhängen, dem sie gar keinen Einfluß zugestehen will, und mehr als alles andre haßt sie es, darauf ertappt zu werden. Beschämung. Das Günderrödchen sei sehr gut, aber gar schwach, hat man Savigny gesagt, er ließ es sie wissen. Jetzt erzählt er dem Kleist weitläufig von seinem Plan, studienhalber nach Paris zu gehn. Kleist scheint reserviert zu bleiben. Paris? Nun ja, für einen veritablen Wissenschaftler... Ach,

Savigny wieder: Er, als Literat, sei nicht auf seine Kosten gekommen?

Gerede. Wenn alle Münder mit einem Schlag verstummten und die Gedanken laut würden. Einer der zügellosen Wünsche, die Savigny ihr verweisen würde. Attitüde, kann er sagen, auf eine gewisse Art... Das berühmte Helldunkel, Günderrödchen, ich meine, daß es gar nicht zu Ihrem eigentlich eigentlichen Wesen gehört, wenn schon viele Menschen nichts anderes von Ihnen wissen als dies.

Wie ich ihn kenne. Nicht zu weich sein und zu wehmütig und zu sehnsüchtig – klar werden und fest und doch voll Freude am Leben. Ach Savigny. Was heißt denn das. Es heißt, das Günderrödchen soll dich nicht weiter behelligen. Es soll nicht nur begreifen, was ihm zugeteilt ist: zurückstehn; soll auch darüber schweigen; es soll, das wär natürlich das allerartigste, allerbequemste, darüber heiter sein, das garstige Günderrödchen, euer liebes Hämmelchen. Es soll keinem Menschen ein schlechtes Gewissen machen. – Er hat ja recht.

Recht hat er auch gegen den Kleist, ich seh es an seinem Gesicht, das überlegen bleibt, während der andre dumm genug ist, sich zu ereifern. Aber er stottert ja, oder wie man das nennen soll; eine Sprachhemmung, die den Fluß der Sätze unterbricht, ihn stocken läßt, vielleicht nur, wenn er sich aufregt, wie eben jetzt. Ja hör ich denn recht! Streiten sie über Rousseau? Rousseau, ruft der Preuße aus, sei das vierte Wort der Franzosen. Und wie würde er sich schämen, käme er jetzt nach Paris und man sagte ihm, dies sei sein Werk.

Den jungen Mann müßte sie warnen. In diesem Text ist Savigny einem jeden über. Sie weiß vorher, in welchem Ton er antworten wird: maßlos erstaunt. Wie! fragt er – ja: in eben diesem Ton –, Sie hätten die Spuren von Rousseaus Ideen im Frankreich von heute gesucht! Darauf wieder Kleist, kühl jetzt, unnahbar bis zur Komik: Allerdings. Wozu Ideen in die Welt gesetzt würden, wenn nicht zum Zwecke ihrer Verwirklichung.

Die Günderrode sieht die Gedanken in Savignys gut gebautem Kopf: Ach so einer ist das. Von der schwärmerischen Sorte. Sie weiß ja, wie erfolglos sie selbst sich oft gegen seinen Tadel gewehrt hat, und mehr noch gegen seine Milde; wie der Wunsch sie gebrannt hat, ihn leiden zu sehn; wie sie gelitten hat, als sie sich eingestand, daß der Grad der Anteilnahme, die er ihr abnötigte, nicht mehr in ihrem Willen lag; als sie sich durch die zunehmende Stärke ihres Gefühls belehrt sah, daß es nicht Teilnahme war, was sie empfand, sondern Leidenschaft. Und als ihre Verletzbarkeit und ihre Erziehung und ihre ganzen Lebensumstände ihr geboten, ihm zu verhehlen, wie es um sie stand. Was ihr gut, vielleicht zu gut gelang, sie beherrscht die Kunst der Verstellung; einmal hat er es ihr vorgehalten – indirekt, wie diese Hauptsache immer zwischen ihnen zur

Sprache kam: Man spreche viel von den Leiden des jungen Werther, aber andere Leute hätten auch ihre Leiden gehabt, sie seien nur nicht gedruckt worden. – Hundertmal, tausendmal hat sie diesen Satz gelesen, nie nutzt er sich ab, und sie zieht Linderung aus ihm für all die Demütigungen, die sie sich, mit seiner Hilfe, selbst zugefügt hat. Recht, so recht innig hat mich Ihr Brief gefreut...

Stimmt es noch? Soll sich alles geändert haben? Gibt es das? Und es schmerzt nicht mehr, Savigny, nicht mehr sehr, wenn man Selbstbetrug nicht mehr nötig hat? Ich wollte Ihnen sagen, daß es entsetzlich unnatürlich zugehen müßte, wenn wir beide nicht sehr enge Freunde würden...

Ihre Hand, Savigny: Tut sie noch weh?

Wie? Ich bitte Sie, Karoline! Da bemüh ich mich, den jungen Poeten hier an die Grenze zu führen, die zwischen Philosophie und Leben gesetzt ist...

Ihre Hand, Savigny. Nicht wahr, sie schmerzt nicht mehr.

Nein, Günderrödchen, da du es so willst.

Sehn Sie. So war es nur dieser Kutschenschlag. Hatten Sie sich doch nicht ernstlich verbrannt.

Ärzte irren sich, man weiß das doch. Aber der Jemand, der den Kutschenschlag zuwarf, hat mir ganz entsetzlich weh getan, das mußt du mir glauben.

Das muß ich wohl. Die Geschichte mit Ihrer kranken

Hand ist sehr schön, mir ist, so hätte ich die Hand lieber, als wenn sie immer gesund geblieben wäre.

Vergessen Sie nur nicht, Günderrödchen, daß Sie jetzt nicht mehr bloß mein Freund, sondern auch unser Freund sind.

Wie könnt ich, Savigny. Ihr beide, Gunda und Sie, ihr gehört jetzt zu meinem Schicksal.

So sprechen wir im Traum, oder wenn wir zum letzten Mal das Wort haben. Kleist stört nicht bei diesem Traumgespräch, er fühlt es und spürt keinen Hang, sich zurückzuziehn.

Wenn ich Ihr Bruder wär, Savigny. Oder Gundas Schwester.

Günderrödchen, du bist ein dumm Günderrödchen.

Immer weiter so, nachtwandlerisch, ohne Furcht vor dem Absturz. Da es eigentlich mein Gefühl empört, von irgend etwas in der Welt abzuhängen, nicht frei und einzig die erste in jedem Verhältnis zu sein – denken Sie sich nur, da will ich doch oft mit Kraft und Mut mich von euch beiden losreißen und mein eignes, abgesondertes, glückliches Leben führn.

Wunderliche Empfindungen und Vorsätze, Günderrode. Sie haben ja ordentlich republikanische Gesinnungen, ist das vielleicht ein kleiner Rest von der Französischen Revolution? Nun, da müßten Sie sich mit unserm Freund hier verstehn; er will und will es mir nicht abnehmen, daß es wohltätig eingerichtet ist, wenn das Reich der Gedanken von dem Reich der Taten fein säuberlich getrennt bleibt.

Worin da die Wohltat liegt, wird er Sie fragen.

Eben das hat er mich gerade gefragt. Und ich sag ihm und dir: Die Wohltat liegt in der Gedankenfreiheit, die wir dieser weisen Einrichtung schulden. Oder wollt ihr es wirklich nicht sehn, welche Einschränkung auf allem Denken läge, wenn wir fürchten müßten, unsre Phantasien könnten in die wirklichen Verhältnisse Eingang finden. Um Himmels willen, nein: Daß man die Philosophie nicht beim Wort nehmen, das Leben am Ideal nicht messen soll – das ist Gesetz.

Bleibt zu fragen: Gilt es immer? Ausnahmslos?

Allerdings. Es ist das Gesetz der Gesetze, Kleist, auf dem unsre menschlichen Einrichtungen in ihrer notwendigen Gebrechlichkeit beruhn. Wer dagegen aufsteht, muß zum Verbrecher werden. Oder zum Wahnsinnigen.

Ha, ruft Kleist wie erfreut. Da danke ich Ihnen aber sehr. Sie lehren mich Goethe verstehn.

Das müßten Sie mir erläutern.

Später, Savigny, vielleicht später. Die Philosophie also, Sie sagen es selbst, ist grund- und bodenlos geworden. Das können Sie wörtlich nehmen, und wären Sie in Frankreich gewesen wie ich und hätten Sie gesehn, was ich ansehen mußte, so wüßten Sie, was ich meine. Man hat ihr die

Gründe vertauscht, den Gedanken den Boden weggezogen.

Gebrechlichkeit – sein Wort aus Savignys Mund. Kleist verfällt in Schweigen, steht jetzt allein am Fenster, man möchte wetten, er sieht die Landschaft nicht, auf die er zu blicken scheint und die ihm, sähe er sie, wohl einen Ausruf, Freude oder Anerkennung, entlocken dürfte. Es soll vorkommen, daß einer sein Lebtag das Land seiner Geburt vor Augen hat, nichts andres wahrnimmt als Kiefernwald, flache grüne Seen, Roggen-, Rüben- und Kartoffelfelder. Kleist glaubt es zu hören, ihr Gedankengeflüster hinter seinem Rücken. Die Uhr schlägt vier, so langsam geht die Zeit, und im Zimmer hinter ihm bewegen sie sich unbeirrt in ihrer freien, untadligen Art, in der sie eine gültige Form zu sehen scheinen. Die Sitten, die hier geduldet, vielleicht erwartet werden, sind ihm neu, nicht ohne Reiz. Alle, denkt er, mit ganz wenigen Ausnahmen, verkennen mich.

Sie haben ganz recht, sagt eine Stimme neben ihm. Es gibt Wörter, die erwartet man von Savigny nicht zu hören.

Gebrechlichkeit, sagt Kleist. Doch woher wissen Sie…

Ihre Mundwinkel zucken.

Man muß sich vor Ihnen in acht nehmen.

Das tun die meisten.

Wir sollten nicht tun, was die meisten tun? Was sonst? Gibt es eine andre Art zu reden?

Ich dachte eben, sagt Kleist, und fast glaubt er sich, daß

er es gedacht hat, was das Gegenteil von Gebrechlichkeit wäre.

Übereinkunft, sagt die Günderrode. Konvention.

Sie wissen Bescheid. Ich höre Ihnen keine Geringschätzung an.

Sollten wir geringschätzen, was so mächtig und so nötig ist?

Woran man sich also zu halten hat.

Wenn man kann. Unbedingt.

Ein delphisches Orakel, Kleist mag das nicht. Über Gebrechlichkeit soll reden, wer sie am eignen Leib erfahren hat. Die Frau, anscheinend mit einem Übersinn für Regungen anderer ausgestattet, läßt das Thema fallen und fragt, nun allerdings im konventionellsten Ton: Sie sollen schon hier gewesen sein?

Kleist bedient sie: Zweimal. Das letzte Mal mit meiner Schwester. Die Ufer hier kenn ich, vom Schiff aus.

Die Rheinfahrt mit Ulrike, die, wie jeder längere Aufenthalt mit ihr allein, in Zwist und Mißverständnis endete. Warum, das wissen wir, doch dürfen wir es nicht bekennen. Die Landschaft ist mir nahe gegangen, diese Günderrodes und Brentanos würden sich wundern über den unempfänglichen Preußen, könnten sie hören, was er in Briefen seinen Freunden schrieb und was er fehlerfrei ohne Blatt zitieren könnte: Doch der schönste Landstrich von Deutschland, an welchem unser großer Gärtner sichtbar con amore gearbeitet hat, sind die Ufer des Rheins von Mainz bis Koblenz, die wir auf dem Strome selbst bereiset haben. Das ist eine Gegend wie ein Dichtertraum, und die üppigste Phantasie kann nichts Schöneres erdenken, als dieses Tal, das sich bald öffnet, bald schließt, bald blüht, bald öde ist, bald lacht, bald schreckt.

Da würde selbst Brentano, der in einer Glückshaut geboren ist, der früh und allzu leicht zu Ruhm gekommen, wohl aufhorchen, den Fremdling umarmen und der Gesellschaft prophezeien, solche Sätze würden einst, wenn es mit rechten Dingen zuginge, in jedem deutschen Schullesebuch stehn. Und allzu leicht und immer wieder lassen wir uns verführen, einmal, über das eigne Grab hin, werde es mit rechten Dingen zugehn, nach Wert und Würdigkeit, und nicht nach Sitte, Rang und Namen. Phantasterei.

Jetzt eben, ein seltner Anblick, stehn die drei Brentanos in der Mitte des Raums zusammen, Clemens, Gunda, die Bettine, lächeln einander zu, wie nur Geschwister lächeln, heben ihre Gläser gegeneinander, stoßen an, trinken. Eine verblüffende Familienähnlichkeit, weniger in der Physiognomie als in Gesten, Haltungen. So bewegt man sich, glaubt Kleist, wenn man sich auf dieser Welt für unentbehrlich hält. Er nimmt sich das Recht, sie für anmaßend zu erklären, weil dieser Mangel an Selbstzweifel, ihr Erbteil, ihnen verborgen bleiben muß. Übrigens sind sie alle reizvoll, auch der Mann, jeder auf seine Weise. Die dunklen Augen, die bleiche Stirn, das krause tiefbraune Haar. Italienischer Einschlag, Wedekind hat es angedeutet. Und die Beredsamkeit der Selbstbewußten. Keine schwere Zunge, kein Stammeln. In Wuchs, Aussehn, Gehabe bei aller Exaltiertheit – er gibt es ja zu – das, was man edel nennt. Gute Rasse.

Schluß, Schluß. Diese Ruhmsucht immer, dieser Unsinn, den sein Gehirn von selbst produziert, wenn er schwach genug ist, es nicht zu überwachen. Schullesebuch! Er macht sich lächerlich.

Dunkel erinnert er sich, dem Doktor einmal geklagt zu haben, wie es ihn quält, daß die Musik in seinem Innern verstummt ist. Bis auf die nervenzerreißenden Mißtöne, die ihm vorigen Herbst in seinem entsetzlich leeren Pariser Zimmer, aus dem der Geruch von kaltem Rauch nicht wich, diesen Kopfschmerz machten, der sich dann auf einen Grad steigerte, daß er in die Verwechslung der Erdachse würde gewilligt haben, nur um von ihm befreit zu sein.

Schon wieder. Nichts ekelt ihn so wie diese literarischen Wendungen, die sich niemals auf dem Höhepunkt unsrer Leiden einstellen – da sind wir stumm wie irgendein Tier –, sondern danach, und die niemals frei sind von Falschheit und Eitelkeit. Würde gewilligt haben! Als hätte er nicht, da es ihn aus der verhaßten Stadt weg und durch die neblige nordfranzösische Ebene der Küste zutrieb, tatsächlich die

Pole seines Lebens wissentlich vertauscht: Da er sich jenem Teufel in Menschengestalt, dem Urfeind, unterstellen wollte, um in seinen Diensten auf der britischen Insel den Tod zu finden. Napoleon. Anstatt ihn zu fliehn bis an den Rand der Welt.

Dieser Knäuel in seinem Kopf. Kleist beginnt die Gründe für seine Irrfahrt zu vergessen, die Einsicht in seine Handlungen, die er einmal besessen haben muß, schwindet ihm. Er muß nun gegen jedermann darauf bestehn, daß ihm der Zugang zu jenem Zeitraum verschlossen ist. Gemütskrank, das Wedekindsche Stichwort, unbestimmt und geheimnisvoll genug, alles das zu decken, auch vor ihm selbst. Denn kein Mensch kann auf die Dauer mit der Erkenntnis leben, daß, so stark wie sein Widerstand gegen das Übel der Welt, der Trieb in ihm ist, sich diesem Übel unbedingt zu unterwerfen. Und daß der Name, den er dem Übel leiht, ein Ersatzname ist, den uns die Furcht vor andren Benennungen eingibt. Napoleon. Kleist spürt, wie das gräßliche Wort anschwillt, sich vollsaugt mit seinem ganzen Haß, seiner ganzen Mißgunst und Selbstmißachtung. Und er spürt auch – das aber darf nicht wahr sein –, wie alle trüben Ströme seiner Seele von diesem Namen angezogen werden, ihm gierig zutreiben als dem Ort, der ihnen bereitet ist.

Keinem Menschen hat er je sagen können, und er weiß es selber nicht und will es nicht wissen, wie er von der novemberöden französischen Küste weg – da der verfluchte Korse dem Todessüchtigen den einzigen Gefallen nicht getan, seine eignen Pläne aufgegeben, seine Flotte nicht nach England geschickt, dem Verzweifelten das ersehnte Schlachtfeld nicht bereitet hat –, wie er also nach Paris zurück und, mit strikter Marschorder des preußischen Gesandten, auf den Weg nach Potsdam und bis Mainz gekommen ist.

Ein zerstörtes Instrument, zum Schein zusammengeflickt, das keinen Ton mehr hergeben wird. Das zu zerbrechen, auch zu schonen nicht lohnt. Günstiger Zustand, Doktor, ohne Hoffnung, ohne Verpflichtung. Der günstigste.

Kleist?

Einmal in meinem Leben, Herr Hofrat, möcht ich dem Menschen begegnen, der mir ohne versteckten Vorwurf erlaubt zu sein, der ich bin.

Wie soll zurechtkommen, wer sich in das Gegebene nicht zu schicken weiß.

Manchen Menschen hat die Natur einen Schutz gegen jedes Unmaß mitgegeben. Übertriebene Taten und Gedanken stoßen sie ab. Nicht ohne eine gewisse Genugtuung denkt Kleist an den Augenblick, da der Doktor wie vor dem Gottseibeiuns vor ihm zurückfuhr. Er, dessen bestes Teil die Berufsneugier ist, fragte Kleist, was einer fühlt, der seine kostbarsten Papiere verbrennt. Ohne zu zögern und mit einem Ausdruck, den der Doktor später begeistert nennen mußte, erwiderte Kleist: Nun lag das Nichts offen vor mir.

Da brach der Hofrat das Gespräch ab. Er gab es auf, seinen Patienten begreifen zu wollen. Dem war es recht. Er fuhr häufiger nach Wiesbaden hinüber, blieb auch tage- und nächtelang in dem Pfarrhaus, duldete es, daß Wedekind ihn danach mit verschmitzten Blicken empfing, auch ein Wort fallen ließ über die unübertreffliche Heilkraft weiblichen Wesens. Er sah: Marianne, des Pfarrers Tochter, ein naives Kind, wagte nicht einmal zu denken, was andre für erwiesen nahmen. Kleist ging in der Umgebung der Stadt mit ihr spazieren und erzählte ihr von seinen Reisen. Dem Pfarrer, einem verständigen Mann, hatte er einen besorgten Blick mit einem Kopfschütteln beantwortet. Daß er nach eignem Gefallen kommen und gehen konnte und keiner Ansprüche an ihn hatte, tat ihm wohl. Doch eine geringfügige Änderung im Benehmen des Mädchens, Anzeichen von Befangenheit, haben ihm signalisiert, daß er sich nicht länger in ihrer Nähe bewegen kann, ohne Erwartungen zu wecken. Das alte Lied.

Ich reise ab, Herr Hofrat. Bald.

Gewiß, Kleist, es wird das Richtige sein. Aber das ist doch kein Grund zu Traurigkeit.

Kleist sagt, da wolle er ihm ein Gleichnis erzählen, das, er solle es ihm nicht verübeln, von seinem Hund handle.

Wenn er es nicht unschicklich finde, sich so lange von der übrigen Gesellschaft zu absentieren.

Der reine Hohn. Niemand kümmert sich um sie. Die sich lange kennen, sind begierig, ihre immer gleichen Gespräche fortzuführen, und interessieren sich nur oberflächlich für die Angelegenheiten eines Fremden. Die Günderrode hält endlich den Savigny fest, ihr ist, als müßte an diesem Nachmittag noch ein entscheidendes Wort gesprochen werden. Obwohl sie weiß, die Entscheidungen sind längst gefallen. Ein Rest ist geblieben, der vergiftet sie. Ein Bedürfnis nach Genugtuung? Ein letzter Versuch, bis auf den Grund verstanden zu werden? Sie will sich spöttisch stellen.

Ihre Gunst zu verdienen, Savigny, reicht es nicht aus, vortrefflich zu sein. Denn sonst müßten Sie doch entsetzlich verliebt in mich sein, was ich nicht glaube. Ich lege Ihnen alle meine Vollkommenheit demutsvoll zu Füßen, Sie aber treten drauf, als wären's Pflastersteine. Sagen Sie mir doch, wie man Ihre Liebe erwerben kann.

Hab ich dich nicht gewarnt, Günderrödchen, je wieder in meiner Gegenwart eine gewisse goldne Uhr an einer Kette um den Hals zu tragen? Und was seh ich: Du tust es doch.

Weil ich ja weiß, Savigny, daß kein goldnes Ührchen und überhaupt gar nichts an der Günderrode Ihnen gefährlich werden kann. Aber sag mir doch, ob die sympathetische Chiffre, die ich dir nach deinem Hochzeitstag in den Flanell genäht hab, wirkt oder nicht.

Du willst wissen, wie man meine Liebe erwerben könne. Aber du weißt es doch selbst, was außer Vortrefflichkeit nötig ist: das rechte Verhältnis von Selbständigkeit und Hingabe.

Ich dachte, Savigny, von Ihnen etwas Originelleres zu hören.

So hörst du nicht richtig hin, Günderrödchen, ich merk es an deinem Ton. Ich habe dir oft über deinen Mangel an Vertrauen, über deine outrierte Selbständigkeit geklagt.

Sie sind sehr freundlich. Sie sagen outriert, um nicht verstiegen zu sagen. Auch daß Sie es mir ausdrücklich verboten, Sie Du zu nennen, war bedeutungsvoll, sehr bedeutungsvoll. Es fehlte noch etwas. Dadurch ist es ein Ganzes geworden. Doch ich beklage mich nicht. Wer sich im andern irrt, hat das größere Unrecht.

Unbeherrscht, unberechenbar, maßlos, outriert. Ach Savigny. Es war doch nichts als ein Gedicht, ja, zugegeben, eine zu rasche, zu unbeherrschte Geste. ›Der Kuß im Traume.‹ Was sollte dir das, zwei Wochen vor deiner Hochzeit. »Es hat ein Kuß mir Leben eingehaucht...« Und hab dazusetzen müssen, ich kannte mich selbst nicht mehr: Ist wahr. Solche Dinge träumt das Günderrödchen, und von wem? Von jemand, der sehr lieb ist und immer geliebt wird.

Ach Savigny. Mehr als schämen kann sich der Mensch nicht, du hättest wohl schweigen können. Du hättest wohl still werden sollen vor dem Schmerz, der ganz wahr ist, das müßtest du fühlen. Und daß ich in eine strenge Fessel geschlagen war. – Jetzt hab ich »war« gedacht.

Savigny! Eben hab ich »war« gedacht.

Nun und? Was freut dich so daran? Darf man's wissen?

Nein, Savigny. Man darf es nicht wissen. Man muß überhaupt nicht alles wissen, Hauptsache, unsereins weiß. Doch da fällt mir eine kleine Geschichte ein, die ich Ihnen noch erzählen muß. Vor einigen Jahren stand ich mit einem gewissen jungen Menschen in dem Leonhardischen Garten auf dem Balkon, wir waren allein, und ich hätte gerne mit ihm gesprochen, aber eine gewisse Beklemmung, vielleicht gar Herzklopfen, hielt mich zurück; der junge Mensch war auch eine Weile still, endlich mochte er wohl das lange Schweigen für unschicklich halten, er fragt mich: Wie geht es Ihrem Bruder? Ist er noch in Hanau? – Diese Frage machte mir einen äußerst unangenehmen Eindruck, ich hatte eine Empfindung dabei, die ich nicht leiden kann. Sagen Sie selber, hätte der junge Mensch nicht etwas viel Ordentlicheres fragen können?

Recht so, lieber Freund. Das hat der Savigny verdient. Zahl dem dummen Savigny seine Dummheit heim.

Daß ihr immer nur euch seht. Wie boshaft, wie ironisch, wie abscheulich der Freund wieder ist, nicht wahr? Anstatt sanft und milde zu sein. Dabei wollt ich nur sagen: Ich weiß es jetzt, wieso wir aneinander vorbeilaufen mußten wie zwei blinde junge Hunde, und es wär mir lieb, Sie wüßten's auch.

Haben Sie nicht immer ein bißchen vagiert, lieber Freund? Auch in der Freundschaft?

Und zeigt die Frage nicht, lieber Savigny, daß Sie all die Zeit über nichts von Ihrem Freund, Ihrer Schwester, Ihrem Günderrödchen gewußt haben? Daß meine Natur Ihnen unheimlich war, weil sie Ihnen Rätsel aufgibt? Daß Sie sich nicht die Mühe machen wollten, herauszufinden, wem Sie glauben konnten: dem eignen Augenschein oder dem Gerücht, das mich mal als kokett, mal als prüd, mal als einen starken männlichen Geist, mal als den Inbegriff sanfter Weiblichkeit hingestellt? Und das nicht imstand ist, was der Freund sollte, hinter all den Fassaden das Gesicht zu sehn?

Schimpf nur, Günderrödchen. Der Savigny hat sich's verdient.

Im Ernst, lieber Freund. Mein Herz hat sich von Ihnen abgewendet: Das ist es, eben fällt's mir ein, was ich dir die ganze Zeit über sagen will, und du siehst es selbst, wie ich nicht blaß werde. Ich habe viel zu tun, Savigny. Ich lasse mir Müllers Geschichte der Schweiz vorlesen, ich studiere den Schelling mit großem Fleiß, und, ich kann es dir nur mit großer Blödigkeit sagen: Ich schreibe ein Drama, und meine ganze Seele ist damit beschäftigt. Ich denke mich so lebhaft hinein, werde so einheimisch darin, daß mir mein eignes Leben fremd wird: Hörst du, Savigny, ich weiß mir nichts Besseres. Gunda sagt, es sei dumm, sich von einer so kleinen Kunst, wie es die meine sei, bis auf diesen Grad beherrschen zu lassen. Aber ich liebe diesen Fehler, wenn es einer ist. Er hält mich oft schadlos für die ganze Welt. Und er hilft mir glauben an die Notwendigkeit aller Dinge, auch an die meiner eignen Natur, so anfechtbar sie ist. Sonst lebte ich nicht, lieber Savigny, das mußte ich dir einmal sagen. Und nun soll zwischen uns nie wieder die Rede davon sein.

Welch lange Ansprache, lieber Freund. Der Savigny wird sie nicht vergessen.

Kleist sieht aus den Augenwinkeln, wie die beiden aufstehn. Er glaubt in Savignys Gesicht eine unerwartete Bewegung wahrzunehmen, in den Mienen der Günderrode eine unerwartete Festigkeit. Savigny beugt sich über ihre Hand, lange, dann gehn sie schnell auseinander, sie zu Bettine, die in der Fensternische auf sie gewartet hat, er kommt zu der Männergruppe, die sich, höflichkeits- oder interessenhalber, um Kleist bildet.

Es ist halb fünf.

Wedekind, froh sicherlich, von dem anstrengenden Alleinsein mit seinem Schützling erlöst zu werden, gibt mit Kleists Erlaubnis eine originelle Beobachtung zum besten, die Kleist an seinem, Wedekinds, Hund gemacht haben will: Bello, ein harmlos-treues Tier, das sich gleich die ersten Tage, als Kleist im Hause war, mit dem Gast angefreundet, ihn später auch auf seinen weiten Spaziergängen begleitet hat. Einmal nun habe Kleist den Hund, der immer Freude am Gehorchen gezeigt, zwischen zwei Befehle gestellt gesehn, deren jeder ihm zwingend erscheinen mußte: Erstens habe Wedekinds Frau ihn aus dem Küchenfenster gerufen, damit er, wie so oft, des Hofrats jüngstes Töchterchen bewache; zum andern habe Kleist ihm von der Straße her gepfiffen, mit ihm spazierenzugehn. Da sei der Hund, entsetzlich unschlüssig, zwischen Küchenfenster und Hoftor hin- und hergelaufen, und sein Gesicht habe, das versicherte Kleist, einen unglücklichen Ausdruck gehabt. Weder Kleist noch des Hofrats Frau hätten ihn, des Experiments halber, von ihrem Befehl entbunden. Der Hund sei offenbar von dem Konflikt überwältigt worden. Seine Augen hätten sich mit jenem Häutchen überzogen, das bei Hunden Müdigkeit anzeigt, und, von unwiderstehlicher Schlafsucht bezwungen, habe er sich genau in die Mitte zwischen des Hofrats Frau und Kleist gelegt und sei auf der Stelle eingeschlafen.

Man staunt, lacht, applaudiert. Kleist, auf den alle Augen sich richten, fügt hinzu: Ja, auch die Frau Hofrätin und ich mußten herzlich über das kuriose Benehmen des Tieres lachen. Erst später, als ich darüber nachgedacht, sagte ich zu mir: Der arme Hund. – Und während die Herren den Vorfall erörtern, denkt er: Wer sein Leben lang schlafen könnte.

Wedekind, leider, muß eine unpassende Bemerkung machen. Herr von Kleist, sagt er lächelnd, scheine sich bis zu einem gewissen Grad in der Lage seines guten Bello zu fühlen.

In welchem Sinne, will man nun wissen.

Kleist wünscht dringlich, er hätte geschwiegen. Es rächt sich immer, aus sich herauszugehn. So knapp wie möglich sagt er: Nun, der Vergleich mit dem Tier sei ein Scherz, wenn auch die Ähnlichkeit seiner Lage mit gewissen unlösbaren Situationen des menschlichen Lebens unverkennbar sei.

Zum Beispiel? – Merten, der Gastgeber. Es schmeichelt ihm, daß in seinem Haus derart tiefsinnige Gespräche geführt werden.

Wer fragt, soll Antwort haben. Zum Beispiel, sagt Kleist, folgender Fall: Jemand fühle, ob nun zu Recht oder zu Unrecht, den Zwang in sich, einer Bestimmung zu folgen; seine Vermögensverhältnisse gestatten es ihm nicht, im Ausland zu leben und frei seinen Intentionen nachzugehn, noch auch in seinem Vaterland zu existieren, ohne ein Amt anzunehmen. Dieses Amt aber, zu dessen Erlangung er sich unerträglich erniedrigen müßte, würde in jedem Sinn seiner Bestimmung zuwiderlaufen. Voilà. Da hätten Sie Ihr Beispiel.

Man schweigt. Merten endlich, der frei heraus bekennt, Kleists Drama ›Die Familie Schroffenstein‹ gelesen zu haben, und nicht glauben würde, wie er den Autor dadurch peinigt, Merten fragt an, ob der Herr von Kleist nicht vielleicht aus dem Verkauf seiner literarischen Produktion einen bescheidenen Lebensunterhalt würde bestreiten können?

Bücher schreiben für Geld? O nichts davon! ruft da der Kleist mit einer unerwarteten Heftigkeit. Soll ich auf einem mir entfernten, gleichgültigen Gebiet, dem Militärwesen, fremden Zwecken widerstanden haben, um mich ihnen dann auf meinem eigentlichsten Gebiet zu unterwerfen?

Um Himmels willen, wem sag ich das.

Kleist hat einen jener Augenblicke trauriger Klarheit, da er zu jeder Miene den Gedanken, zu jedem Wort den Sinn, zu jeder Handlung den Grund sieht; da alles, er selbst am meisten, in armseliger Blöße dasteht und ein Ekel in ihn eindringt und die Worte ihm und allen aus den Mündern springen wie Kröten. Seltsam berührt ihn da, was von der Günderrode, die sich mit der Bettine auf eine Fensterbank gesetzt hat, zu ihm herüberdringt: Gedichte sind Balsam auf Unstillbares im Leben. – Merkwürdig, wie diese Frau, auch wenn sie zu andern spricht, ihn zu meinen scheint, und daß sie ihm als die einzig Wirkliche unter Larven vorkommt.

Da sagt Brentano in einem ernsten Ton, der Kleist für ihn einnimmt: Sie haben recht, Kleist. In unsern Tagen kann man nicht dichten. Man kann nur für die Poesie etwas tun. Der Dichter lebt wie in einer Wüste, die wilden Tiere fallen ihn an, denn alle kann man sie nicht zahm singen, und die Affen tanzen ihm nach.

Und Kleist, auch sehr ernst, erwidert ihm, ohne zu überlegen: Das Leben wird immer verwickelter und das Vertrauen immer schwerer.

Es gibt eine Pause, ohne Verlegenheit. Die Günderrode, sieht Kleist, hat zu ihnen herübergehorcht, das ist ihm recht. Er ist nicht ohne Übung in der Fertigkeit, auf indirekte Weise mit einem andern zu sprechen. Er will ihnen nun Bescheid tun.

Mehr als einmal, sagt er, sei er schon fest entschlossen gewesen, nie in sein Vaterland Preußen zurückzukehren.

Sie fragen nicht, warum. Ihre Vorstellungskraft reicht nicht aus, die richtigen Fragen zu stellen. Das kennt er. Die ahnungslosen Stirnen. Was auch könnte einen jungen preußischen Adligen aus altrenommiertem Geschlecht aus seinem Lande treiben. An dem er hängt, jetzt sagt er es selbst, wider Willen. Und dem er – wie wenige Jahre ist es her! – freudig seine Jugend geopfert, was nun wieder diese Herren hier kaum begreifen werden, da sie es gewohnt sind, in wechselnden Grenzen zu leben, von wechselnden Souveräns regiert zu werden, in Kürze, so scheint es, sogar von dem Fremden. Er dagegen, der Gedanke kommt ihm zum erstenmal, hat nicht in einem wirklichen Gemeinwesen gelebt, sondern in seiner Idee von einem Staat. Der Sache und ihren Folgen will er später nachgehn.

Bei seiner ersten Grenzüberschreitung, sagt er, habe er die Erfahrung gemacht, wie sich sein Vaterland immer besser ausnahm, je weiter er sich von ihm entfernte; wie allmählich der Druck einer selbstauferlegten, doch uneinlösbaren Verpflichtung gegen dieses Land von ihm wich; wie ihn das erleichtert habe, daß er auch wieder schlafen konnte und zu neuem Lebensmute kam. – Würzburg sieht er vor sich, Dresden, Zürich, die kleine Insel im Thuner See, selbst Weimar; die Zeiten innerer Freiheit, die er da erlebt, werden sich in Berlin nicht wiederholen.

Plötzlich habe er denken können, sagt er, was er nie für möglich gehalten: daß er die Blume des Glücks überall pflücken solle, wo sie sich ihm biete. So sei er entschlossen gewesen, sich eine neue Heimat zu suchen, und niemals werde er jene Nacht vergessen...

Er bricht ab, die Sprache versagt sich ihm. Als blockiere das Sprechorgan sich selbst, denkt die Günderrode, um den Mann zu hindern, sich, mehr als ihm gut ist, andern zu eröffnen. Ein Übereifer, der sich selber in die Zügel fällt; was muß der Mensch ausstehn. Sie faßt ein Interesse an ihm, kein Mitleid. Die Menschen sind sonst zu leicht zu durchschauen, es langweilt sie.

Die Nacht, denkt Kleist, es war im Dezember, da ich in die Schweiz kam, den Boden meines neuen Vaterlands betrat. Ein stiller Landregen fiel. Ich suchte Sterne in den Wolken. Nahes und Fernes, alles war so dunkel. Mir war's wie ein Eintritt in ein anderes Leben.

Man drängt ihn nicht, wartet. Der Hofrat, dem die Pause lang genug erscheint, sagt leise: Und?

Und? erwidert Kleist, in schneidendem Ton. Sie denken es sich nicht? Nirgends hab ich gefunden, wonach ich suchte.

Das wäre? Merten, er läßt es nicht.

Kleist schweigt.

Nun, sagt Merten, er glaube zu verstehn. Wie aber könne ein einzelner, der dem Maß der Menge sich entziehe, seine außergewöhnlichen Zwecke einem Staat aufdringen, seine hochgespannten Forderungen an das Leben einem Gemeinwesen präsentieren, das doch allen – dem Bauern, dem Kaufmann, dem Höfling wie dem Dichter – gerecht zu werden habe?

Als wenn er sich nicht darüber schon die Seele aus dem Leib gegrübelt hätte. Gut! sagt er heftig. Soll der Staat meine Ansprüche an ihn, soll er mich verwerfen. Wenn er mich nur überzeugen könnte, daß er dem Bauern, dem Kaufmann gerecht wird: daß er uns nicht alle zwingt, unsere höheren Zwecke seinem Interesse zu unterwerfen. Die Menge, heißt es. Soll ich meine Zwecke und Ansichten künstlich zu den ihren machen? Und vor allem: Was ihr wirklich zuträglich wäre, ist noch die Frage. Nur stellt sie niemand. Nicht in Preußen.

Mann, Kleist! ruft Savigny. Wohin geraten Sie.

Ja, es ist wahr, sagt Kleist. Manches, was die Menschen ehrwürdig nennen, ist es mir nicht. Vieles, was ihnen verächtlich erscheint, ist es mir wiederum nicht. Ich trage eine innere Vorschrift in meiner Brust, gegen welche alle äußern, und wenn sie ein König unterschrieben hätte, nichtswürdig sind.

Menschenskind! ruft Savigny. Das beten Sie herunter wie ein Exerzierreglement. Ja fürchten Sie sich nicht? Haben Sie keine Angst?

Darauf ist nichts zu sagen. Angst. Wenn du wüßtest, mein Lieber: namenlose Angst. Manchmal denk ich, daß ich auf der Welt bin, dieser Angst einen Namen zu finden. Und er ist mir schon nah, sehr nah. Ich muß ihm auflauern, in mir selbst. Die Gesichter, wenn ich ihnen sagen würde, daß es meine Bestimmung ist, nach mir selber zu schnappen, wie des Hofrats närrischer Hund nach seinem eignen Schwanz! Daß die Leute nur immer einen Unglücklichen nicht für unglücklich gelten lassen können.

Merten muß sich äußern. Herr von Kleist wolle, wenn er ihn recht verstehe, zum Ausdruck bringen, daß er sich unfähig fühle, sich in irgendein konventionelles Verhältnis dieser Welt einzupassen.

Kleist ist des Geschwätzes müde. Allerdings, sagt er. Er finde viele Einrichtungen dieser Welt so wenig seinem Sinne gemäß, daß es ihm unmöglich sei, an ihrer Erhaltung und Ausbildung mitzuwirken.

Wedekind erinnert ihn, daß er doch in Preußen Aussicht auf eine Anstellung in der technischen Deputation gehabt.

Bei Struensee, ja. Er war mir nicht ungewogen. Aber wissen Sie eigentlich, wie militärisch das ganze preußische Kommerzsystem ist? Als der Minister, in dessen Dienst ich treten sollte, mit mir von dem Effekt einer Maschine sprach, meinte er nicht etwa den mathematischen, über den ich mit ihm wohl hätte reden können. Nein: Unter dem Effekt einer Maschine verstand er nichts andres als das Geld, das sie einbringt!

Da kann Joseph Merten nur lachen. Aber mein Lieber. Der mathematische Effekt einer Maschine ist interessant nur insofern, als er den ökonomischen hervorbringt.

Bin ich irre? Sind die es? Es wird dahin kommen, daß die Kinder auf der Straße meine Weltfremdheit belachen. Schon wag ich es nicht mehr, ein Wort wie Wahrheit überhaupt noch in den Mund zu nehmen.

Wenn die Sache liegt, wie Sie sagen: Warum verschwendet dann der Staat Millionen an alle diese Anstalten zur Ausbreitung der Gelehrsamkeit? Ist es ihm um die Wahrheit zu tun? Dem Staate? Ein Staat kennt keinen andern Vorteil, als den er nach Prozenten berechnen kann. Die

Wahrheit will er nur so weit kennen, als er sie gebrauchen kann. Er will sie anwenden. Und worauf? Auf Künste und Gewerbe. Aber die Künste lassen sich nicht wie militärische Handgriffe erzwingen. Künste und Wissenschaften, wenn sie sich selbst nicht helfen, so hilft ihnen kein König auf. Wenn man sie in ihrem Gang nur nicht stört, das ist alles, was sie von Königen begehren.

Solche Meinungen, Kleist! Brentano, bestürzt. Wem wollen Sie die in Ihrem Berlin vertrauen!

Niemandem, sagt Kleist. Keiner Menschenseele. Da ich mich auf List und Verschmitztheit schlecht verstehe, habe ich schweigen gelernt. Eine schwere, doch lohnende Kunst. Üben Sie sie, ich rate Ihnen. Der Korse steht vor der Tür.

Eine verfehlte Bemerkung; Beklommenheit soll nicht aufkommen. Der Hofrat springt ein: Da bleibt Ihnen nichts, Kleist, als eine reiche Heirat!

Sie sagen es. Mein Pech nur, der märkische Adel ist größtenteils verarmt. Was tun? Würfeln. Frankreich oder Preußen. Ein Amt oder die Literatur. Erniedrigung und ein bescheidnes Auskommen, oder die blanke Armut und ein ungebrochnes Selbstgefühl.

Das kann man nicht ernst nehmen. Man lacht, gestikuliert, geht zu den Frauen. Savigny nimmt Kleist am Arm. Ich will Ihnen nicht zu nahe treten, Kleist, sagt er. Aber mich dünkt, Sie sehn Ihre Lage gerade um so viel zu ausweglos, als Sie brauchen, damit es Sie niederwirft.

Lust am Leiden? Das hat gefehlt. Wenn sie ahnten, wie es ihn zur Lust an der Freude zieht. Wie er unter frohen Menschen als einer der Ihren leben möchte, einer Tätigkeit nachgehn, die ihn ernährt und nicht zugleich ruiniert. Aber wie kann der wissen, daß es dies einfache Glück auf der ganzen Gotteswelt für ihn nicht gibt.

Lassen wir es, sagt er zu Savigny. Verübeln Sie mir mein Benehmen nicht. Gott weiß, und ich, glauben Sie mir, weiß es auch, daß dem Menschen oft nichts andres übrigbleibt, als Unrecht zu tun – sei's gegen andre, sei's gegen sich selbst. Und daß man sich wohl abfinden muß, dies die Weltordnung zu nennen.

Im milden Nachmittagslicht, das durch die Fenster hereinfällt, versammelt man sich wieder um den großen Tisch.

Die Günderrode sehnt sich ins Freie, gerne würde sie in Ruhe die Einsichten in sich wachsen lassen, die ihr im Gespräch mit der Bettine gekommen sind, aber Lisette zieht sie beiseite. Lisette, die Kluge, Gebildete, mit ihren romanischen Sprachen, ihren botanischen Studien, mit ihrem Hang zur Poesie und mit diesem Blick, der nur an ihrem Manne hängt, Nees von Esenbeck, dem hageren munteren Menschen, dessen Kränklichkeit seiner Frau eine andauernde Sorge und ein schwerer Vorwurf ist.

Sie sagt der Günderrode rundheraus, daß sie es ungebührlich finde, wie sie vor aller Augen Heimlichkeiten mit der Bettine hat.

Eifersucht? Tränen? Lisette! Wenn ich eine Frau für glücklich hielt, so bist du es gewesen.

Das soll auch gelten, Lisette besteht darauf, soweit es Nees betrifft. Wahr ist aber auch, daß die bürgerlichen Verhältnisse eine Frau unglücklich machen müssen. Die niedergehaltenen Leidenschaften...

Dies Wort? Die Günderrode staunt. Man kennt sich nicht.

Die Lisette hält ihr vor, sie habe alles vergessen, was einst zwischen ihnen gewesen sei. Wie sie abends so oft vertraut in der Günderrode Stiftzimmer beisammen gesessen; wie sie, die Lisette, vor einem gleichgültigen Besucher geflohen und dann am Hinterpförtchen des Stifts auf sie gewartet, als wär ich dein Geliebter, Lina, und wir hätten ein Verhältnis miteinander. Wie wir uns küßten, als du herauskamst. Sehr dunkel war es, bis auf die schmale Mondsichel am Horizont, und der Jasmin duftete.

Die Günderrode erinnert sich nicht, aber sie schweigt. Als wenn die Jahre durchsichtig wären, sieht sie die junge und die alte Lisette nebeneinanderstehn, und die eine weiß von der andern nichts. Die Veränderung ist unaufhaltsam, und ich, denkt sie, möchte sie nicht erleben.

Da ist der Augenblick von Vertrautheit vorbei. Die Lisette muß sogar im engen Kreis ihren Stand als verheiratete Frau hervorkehren. Sie übertreibt ihre Fürsorge für Nees, bittet, man möge das Fenster schließen, Zugluft bekomme ihm nicht. Eine Art von Rache, wenn die Frau, da sie selbst nicht hervortreten darf, sich ihren Mann zum Kinde macht. Ich kann darüber nicht mit ihr sprechen, denkt die Günderrode, die frühere Offenheit zwischen uns ist dahin. Auch sie wird mich bald für hochmütig halten.

Eine schlimme Gewohnheit, die Freunde mit Abschiedsblicken zu messen; schlimmer noch, sich vorstellen zu müssen, was sie über unsern nahen Tod einander sagen werden.

Hochmut. Die Günderrode weiß es im innersten Innern, wo sie unerbittlich mit sich ist, der Vorwurf ist so abwegig nicht, wenn er auch, wie Vorwürfe meistens, den Kern nicht trifft. Hochmütig, das ist sie. Grade eben, als sie mit der Bettine in der Fensternische gesessen und diese ihr lebhaft vom Geist der Unbedeutendheit sprach, da ging es ihr auf, wie nötig ihr dieser Geist, wie nötig ihr die Bettine ist, um jenes verborgene Gefühl von Überlegenheit, das sie seit je von andern trennt, immer wieder in sich aufzulösen. Unbedeutendheit! Die Bettine ahnt nicht, wie das Wort ihr nachgegangen ist, als es in einem ihrer Briefe zum erstenmal erschien. Jetzt sagt sie keck und nicht ohne Triumph zu Lisette und den Servière-Mädchen, zu Gunda und der Sophie: Die Günderrode wolle ihr Jünger werden in Unbedeutendheit. Sie hätten sich die Hand darauf gegeben. Es sei ein Geheimnis zwischen ihnen, und mehr sage sie nicht.

Da fängt man an, die Bettine zu schelten. Sie werde es fertigbringen, die Günderrode zu hindern an ihrer systematischen Beschäftigung mit den Wissenschaften, anstatt daß sie, Bettine, sich einer regelrechten Ausbildung ihres Geistes endlich anbequeme. Die Bettine schneidet eine Grimasse, wehrt sich kaum. Die Günderrode hängt dem Wort noch immer nach. Wie es eindringt in ihre heimlichen Phantasien von Bedeutendheit, die sie sich selbst kaum eingesteht. Wie es ihr hilft, das Gespinst zu zerreißen, das sie vor sich selber verbirgt. Sie wird ihre neuen Gedichte und dramatischen Versuche unter einem andern Namen herausgeben, wird dem Hang, unkenntlich zu sein, folgen. Zu deutlich spürt sie, wie die Erwartung des Publikums ihr die Unbefangenheit nimmt. Wie vieles dagegen leicht und natürlich wird, um wieviel näher sie den Menschen kommt, wenn sie nicht bedeutend sein will.

Der Nachmittag hat ihr gegeben, was in ihm war. Sie möchte fort.

Kleist kennt diese Zirkel, die nur zusammentreten, daß ihre Mitglieder sich in ihren Ansichten bestätigen. Über die Ausbildung der Frauen hat er eine feste, wie er glaubt, gegründete Ansicht, und er hat Gelegenheit gehabt, sie an seinen Schwestern und an den Frauenzimmern im Zengeschen Haus zu erproben. Wollust des Lehrens, er hat sie ausgekostet: Darf der Mensch wohl alles tun, was recht ist, oder muß er sich damit begnügen, daß nur alles recht ist, was er tut? – Eine Denkaufgabe. Gütiger Himmel! Hat er nicht doch ein heimliches Kichern hinter seinem Rücken damals überhört?

Was jetzt? Wahrhaftig, Clemens Brentano schickt sich an, ein Gedicht zu verlesen, und die Günderrode, auf deren Kosten es geht, kann ihn nicht davon abbringen. Der Mann will ihre eignen Verse als Beweisstück gegen sie verwenden. Er ruft die Gesellschaft zum Zeugen, daß die Dichterin Tian sich selbst der Unbeständigkeit überführt hat.

Ein Zwiegespräch in poetischer Form, die meisten hier scheinen es zu kennen. Eine Person mit Namen Violetta wirft einer andern, beziehungsvoll Narziß genannt, ihre Treulosigkeit in der Liebe vor; darauf Narziß:

Mir ist nicht Treue, was ihr also nennet,
Mir ist nicht treulos, was euch treulos ist!
Wer den Moment des höchsten Lebens teilet,
Vergessend nicht, in Liebe selig weilet,
Beurteilt noch, und noch berechnet, mißt,
Den nenn' ich treulos, ihm ist nicht zu trauen,
Sein kalt Bewußtsein wird dich klar durchschauen
Und deines Selbstvergessens Richter sein.
Doch ich bin treu! Erfüllt vom Gegenstande,
Dem ich mich gebe in der Liebe Bande,
Wird alles, wird mein ganzes Wesen sein.

Die Vorlesung kehrt sich gegen ihn, Clemens spürt es selbst. Die Stille hat sich verändert. Kleist ist hellwach. Daß sie es wagt, daß sie sich den Leuten in die Hände gibt. Die Frau muß toll sein. Im Zorn ist sie auch schön.

Clemens, sagt die Günderrode, gegen die stumpfen Rezensenten kann ich nichts machen. Aber was mach ich gegen den Freund, der mir absichtlich weh tut.

Clemens, blutrot, bittet sie um Verzeihung, endlich unverstellt er selbst. Der Vorfall scheint beigelegt. Kleist ist noch nie unter Menschen gewesen, die ihre Grenzen gegeneinander so weit überschreiten und sich doch nicht verfeinden. Ein Widerschein der Hoffnung, gewisse Träume seiner Jünglingsjahre, deren er sich heute schämt, könnten wahr werden: Zutrauen kein Unding, Liebe kein Phantom. Doch er will nicht weich werden. Der Günderrode, die zufällig neben ihm steht, sagt er, er finde es bedeutsam, daß sie der letzten Zeile ihres Gedichts die Zukunftsform gegeben hat. Ja, sagt sie, es ist wahr. Mir ist es selbst eben erst aufgefallen.

Als Clemens las, hatte die Günderrode die Empfindung, die sie von einem Gang am Rande eines Moores kennt, da sie auf Schwingrasen geriet. Plötzlich gab der Boden unter ihr nach wie ein nicht straff gespanntes Trommelfell. Heftige Freude und heftiger Schrecken, ineinandergemischt. Die Freunde, in Panik, zogen sie auf festen Boden zurück, sie nannten sie leichtsinnig, und sie schwieg dazu. Leichtsinnig nicht, aber neugierig, ja, das ist sie allerdings, neugierig auf den Moment, da der Boden unter den Füßen nicht mehr trägt. Es ist eine Gier jener verbohrten, heillosen Art, die uns mit Recht verboten ist, so daß die andern zehn Verbote davor verblassen. Vater und Mutter töten: böse, doch sühnbar. Sich selbst vernichten: Unnatur. Sie hat gegen ihr Gewissen anzuarbeiten. Der Widerstand wird stärker.

Wenn wir Ruhe fänden!

Unrühmlich ist es, denkt Kleist, sich von seiner Zeit zerbrechen zu lassen. Warum, warum nur soll ich nicht leben können mit diesen hier.

Es gibt diese Tage, die kein Ende finden. Die Uhr schlägt fünf, man will ins Freie. Kleist, der schon aufatmet, ein unbehelligtes Gehen in frischer Luft erhofft, muß statt dessen dem Merten Rede und Antwort stehen. Der nämlich, obwohl natürlich ein schlichter Leser, inkompetent im literarischen Fach, kann sich doch nicht enthalten, den jungen Autor davor zu warnen, in der gleichen konstruierten Art und Weise fortzufahren wie in seinem ersten Stück.

Der Ton, der Kleist stumm macht. Daß er die ›Schroffensteiner‹ selbst für eine Scharteke hält, wird er nicht sagen. Stammelt von Leidenschaften, die das Leben der Menschen regieren und sich um Logik nicht scheren.

Dazu muß nun wieder Merten lächeln. Sei es nicht grade

die Größe dieses Zeitalters, daß es die niedern Leidenschaften gebändigt, die Vernunft an die Macht gehoben habe? – Ob er denn von einem Dichtwerk die Ordnung und Übersichtlichkeit verlange, die in seinen Rechnungsbüchern herrsche, fragt Clemens, und Merten, in aller Unschuld, erwidert: Warum auch nicht. Warum sollten die Regeln, die sich in einer Disziplin bewährt hätten, nicht auch in einer andern gelten. Kleist wieder, unter dem Zwang, ein Thema in allen seinen möglichen Wendungen zu diskutieren: Ordnung! Ja: Ordentlich ist heute die Welt. Aber sagen Sie mir: Ist sie noch schön?

Das käme auf den Begriff von Schönheit an. – Der Mann hat nicht nur Ansprüche, der Mann hat recht. Gegen jede Erwartung kann er sogar einen Satz aus dem Drama des geschätzten Gastes anführen, als Beispiel für die Verirrung des Schönheitsbegriffes: »Ah! – Der Augenblick nach dem Verbrechen ist oft der schönste in dem Menschenleben.« Stecke in dieser Zeile nicht fast ein Aufruf des Dichters zum Verbrechen?

Kleist blickt angestrengt in des Kaufmanns graue Augen. Aus denen schlägt er keinen Funken. Matt begründet er den beanstandeten Ausruf, fragt sich selbst, ob seine Verteidigung zwingend ist. Liebe sei es, hört er sich sagen, die zu derartigen Tröstungen greift...

Gebetsmühlengeklapper. Warum nicht still und aufmerksam diese schmale Straße gehn, zwischen den niedrigen Fachwerkhäusern, vor denen die alten Frauen sitzen, schwatzen, stricken. Warum immer recht haben wollen.

Die Bettine erklärt den freien, uneingeschränkten – nicht verantwortungslosen! – Lebensgenuß für das einzige Gesetz, dem man sich unterwerfen dürfe.

Kleist dagegen, mißbehaglich: Nein. Man müsse schon durch die Wissenschaften hindurchgegangen sein, ehe man sich erlauben dürfe, sie zu schmähen.

Die Wissenschaften? Die sich daran machen, uns eiserne Reifen um Herz und Stirne zu schmieden? Die uns ein eisernes Jahrhundert vorbereiten, in dem die Kunst vor fest verschlossenen Türen stehen, der Künstler ein Fremdling sein wird?

Diese Übereinstimmung nun wieder. Jetzt fehlt noch, daß jemand Fortschritt sagt.

Den Part übernimmt Lisette. Rousseaus berühmte Untersuchung, ob der Fortschritt von Wissenschaft und Kunst auf die Sitten verderblich oder wohltätig gewirkt habe.

Wir kennen alle alles.

Kleist hat die Vision eines Zeitalters, das sich auf Gerede gründet anstatt auf Taten. Die Landschaft versinkt ihm, nüchternes Licht. Und da sitzen wir immer noch und handeln mit den Parolen des vergangenen Jahrhunderts, spitzfindig und gegen unsre stärkere Müdigkeit ankämpfend, und wissen: Das ist es nicht, wofür wir leben und worum wir sterben könnten. Unser Blut wird vergossen werden, und man wird uns nicht mitteilen, wofür.

Eine Wildheit in Kleist, die ihn erschreckt und freut. Die Wege von Wissenschaft und Kunst haben sich getrennt, so redet er, lahm genug. Der Gang unsrer heutigen Kultur geht dahin, das Gebiet des Verstandes mehr und mehr zu erweitern, das Gebiet der Einbildung mehr und mehr zu verengen. Fast kann man das Ende der Künste errechnen.

Nees von Esenbeck, als Naturwissenschaftler, fühlt sich angegriffen, er spricht nicht, er doziert: So halte ich dafür, daß der Geist der Zeit, der Fortschritt der Wissenschaften über das vielleicht begreifliche, doch hypochondrische Lamento der Herren Literaten hinweggeht. Nehmen Sie's nicht persönlich, lieber Kleist. Was mich betrifft: Ich gäbe mein Alles dafür, wenn ich in ein, zwei Jahrhunderten noch einmal auf dieser Welt leben und an den paradiesischen Zuständigkeiten teilhaben dürfte, welche die Menschheit – dank der Entfaltung der Wissenschaften! – dann genießt.

Diesem Denken liegt ein Fehler zugrunde, aber es ist noch zu früh, ihn zu benennen. Sie gehn nicht vom Zusammenhang der Dinge aus, sagt Kleist, sondern von einzelnen Disziplinen. Soll ich denn alle meine Fähigkeiten, alle meine Kräfte, dieses ganze Leben nur dazu anwenden, eine Insektengattung kennenzulernen, oder einer Pflanze ihren Platz in der Reihe der Dinge anzuweisen? Muß die

Menschheit durch diese Einöde, um ins Gelobte Land zu kommen? Ich kann's nicht glauben. Ach, wie traurig ist diese zyklopische Einseitigkeit.

Was schlagen Sie vor? – Savigny, auf dessen Stimme man gewartet hat. – Alle Laboratorien schließen? Die Fortentwicklung derjenigen Instrumente verbieten, die der weiteren Forschung dienen? Die Neugier, unsern edelsten Trieb, unterbinden?

Savigny, sagt die Günderrode, Savigny hat für alles ein Entweder-Oder. Sie müssen wissen, Kleist, er hat einen männlichen Kopf. Er kennt nur eine Art Neugier: die Neugier auf das, was unanfechtbar, folgerichtig und lösbar ist.

Die Frau. Als habe sie eine Ahnung von dem entsetzlichen Widerspruch, auf dessen Grund das Verderben der Menschheit liegt. Und als brächte sie die Kraft auf, den Riß nicht zu leugnen, sondern zu ertragen.

Aber der Dichter, ruft Merten, ist doch nicht dazu da, seinen Mitmenschen die Hoffnung zu nehmen!

Bei Gott, Herr Merten, da haben Sie recht. Dem Dichter ist die Verwaltung unsrer Illusionen unterstellt.

Nun wird man ihn noch für ironisch halten. Worauf läuft alles hinaus. Der Mensch hat ein unwiderstehliches Bedürfnis, sich aufzuklären, da er ohne Aufklärung nicht viel mehr ist als ein Tier. Doch sobald wir in das Reich des Wissens treten, scheint ein böser Zauber die Anwendung, die wir von unsern Kenntnissen machen, gegen uns zu kehren. Wir mögen also am Ende aufgeklärt oder unwissend sein, so haben wir dabei so viel gewonnen als verloren.

Was meinen Sie?

Kleist antwortet der Günderrode: Der Mensch wäre also, wie Ixion, verdammt, ein Rad auf einen Berg zu wälzen, das, halb erhoben, immer wieder in den Abgrund stürzt. Wie unbegreiflich der Wille, der über der Menschengattung waltet. Kann Gott von solchen Wesen Verantwortlichkeit fordern?

Kleist, stark erregt durch das Gespräch – wie schnell sein Gleichmut zusammenbricht! –, sagt dem Hofrat, indem er sich mit beiden Fäusten gegen den Schädel hämmert: Ja, ja, ja! Mag sein, daß der Fehler hier drinnen steckt. Daß die Natur grausam genug war, mein Gehirn falsch anzulegen, so daß auf jedem Weg, den mein Geist einschlägt, der Aberwitz ihm entgegengrinst. Wedekind, wenn Sie ein Arzt wären: Öffnen Sie diesen Schädel! Sehn Sie nach, wo der Fehler sitzt. Nehmen Sie Ihr Skalpell und schneiden Sie, ohne zu zittern, die verkehrte Stelle heraus. Es mag ja wahr sein, was ich in den Gesichtern meiner Familie lese: daß ich ein verunglücktes Genie, eine Art Monstrum bin. Doktor, ich flehe Sie an: Operieren Sie das Unglück aus mir heraus. Sie werden keinen dankbareren Geheilten haben als mich.

Mensch! hört die Günderrode Wedekind sagen, mit fremder Stimme. Was denken Sie!

Darauf Kleist, ruhig, aber erschöpft: Was denkbar ist, soll gedacht werden. Ist das nicht auch Ihre Meinung, Herr Hofrat?

Aus den Höfen die Geräusche einfacher Arbeiten, Axtschläge, Eimerscheppern. Hühner auf dem Weg, der sich zum Ende der Straße hin zur Uferwiese öffnet. Boden unter den Füßen. Den Himmel auf den Schultern. Die niedlichen Häuschen, die um ein Winziges gegen ihn zusammengerückt sind. Die Verschwörung der Dinge.

Reden, reden.

Savigny. Über das Zweideutige, Anfechtbare in der Existenz des Dichters. Daß er mit sich selber niemals Ernst machen müsse, da er sich seine eigne Welt, auch die Widerstände, erfinde. Es also immer nur mit den Spiegelungen seiner Einbildung zu tun habe.

Kleist denkt, aber er hütet sich, es auszusprechen, von diesen allen hier ist womöglich keiner inniger mit der Welt verbunden als ich. Der Augenschein trügt. Da sagt die Günderrode, als spräche sie für ihn: Menschen, die sich nicht über sich selbst betrügen, werden aus der Gärung einer jeden Zeit Neues herausreißen, indem sie es aussprechen. Mir ist, als ginge die Welt nicht weiter, wenn das nicht getan wird.

So sehe sie, fragt Savigny, die Tiefe der Zeit als Krater eines Vulkans.

Das Bild gefällt mir, sagt die Günderrode.

Clemens, der jetzt an der Spitze der Gruppe geht, dreht sich um: Ich habe heute nacht von Goethe geträumt, er sei gestorben. Da hab ich mir im Traum die Augen beinah blind geweint.

Ein Tumult bricht los, als habe Clemens nicht von einem Traum, sondern von einem wirklichen Ereignis gesprochen. Kleist muß eine Regung von Eifersucht unterdrücken, als dürfe nur er von Goethe träumen – was übrigens niemals vorkommt. Es wundert ihn eigentlich.

Die Günderrode, die sich weiter neben ihm hält, hat eben wieder den ›Tasso‹ gelesen. »Ich fühle mir das innerste Gebein zerschmettert, und ich leb, um es zu fühlen.«

Ja. Gewisse Verse hätte er wohl auch parat. Die Proportionen des Talents mit dem Leben, ein zeitgemäßes Thema. Und doch seien ihm Zweifel gekommen, ob es dem Autor gelungen sei, die letzte Konsequenz aus den Beziehungen seiner Figuren herauszutreiben.

Was er meine.

Gleich wird er der Frau bekennen, was er noch niemandem gesagt, er weiß auch, warum.

Es kränkt mich, daß das Zerwürfnis des Tasso mit dem Hof auf einem Mißverständnis beruhn soll. Wie, wenn nicht Tasso dem Fürsten, besonders aber dem Antonio,

Unrecht täte, sondern die ihm. Wenn sein Unglück nicht eingebildet, sondern wirklich und unausweichlich wäre? Wenn nicht Überspanntheit, sondern ein scharfes, gut: überscharfes Gespür für die wirklichen Verhältnisse ihm den Ausruf abpreßte: »Wohin beweg ich meinen Schritt, dem Ekel zu entfliehn, der mich umsaust, dem Abgrund zu entgehn, der vor mir liegt?« – Sie lächeln, Günderrode?

Sprechen Sie weiter.

Der Geheime Rat, denk ich, hat keinen dringlichen Hang zur Tragödie, und ich glaube zu wissen, wieso.

So sagen Sie es.

Er ist auf Ausgleich bedacht. Er meint, die Widerkräfte, die in der Welt wirken, ließen sich teilen in zwei Zweige der Vernunft – er nennt sie Gut und Böse –, die letzten Endes beide zur Fortentwicklung der Menschheit beitragen müssen.

Und Sie, Kleist?

Ich? – Kleist sieht plötzlich, was ihn von jenem unterscheidet; was ihn immer unterlegen, den andern immer unanfechtbar machen wird.

Ich kann die Welt in gut und böse nicht teilen; nicht in zwei Zweige der Vernunft, nicht in gesund und krank. Wenn ich die Welt teilen wollte, müßt ich die Axt an mich selber legen, mein Inneres spalten, dem angeekelten Publikum die beiden Hälften hinhalten, daß es Grund hat, die Nase zu rümpfen: Wo bleibt die Reinlichkeit. Ja, unrein ist, was ich vorzuweisen habe. Nicht zum Reinbeißen und Runterschlucken. Zum Weglaufen, Günderrode.

Nach ein paar Schritten nimmt er einen dürren Stock und zeichnet mit raschem, schnellem Strich eine Figur in den Wegsand, etwas wie eine absurde geometrische Konstruktion, einen vertrackten Mechanismus. Dies sei nun, sagt er, sein Grundriß von einem Trauerspiel. Er wolle hören, was sie von diesem Unding halte, das, in Bewegung gebracht – und das sei ja seine Voraussetzung –, dazu verdammt sei, sich selber zu zerstören.

Die Günderrode, die derartiges noch nie gesehn, auch nicht gedacht hat, versteht das Ding sofort.

Nun? fragt Kleist. Seine Lippen zucken.

Sie wissen es selbst, sagt die Frau. Dies ist kein Trauerspiel. Das ist das Verhängnis.

Ein Satz, der den Fremden auf merkwürdige Weise zu befriedigen scheint. Sie gehn schweigend. Einmal nimmt Kleist höflich Karolinens Arm. Mäuerchen aus Naturstein, dahinter Apfelplantagen nach der Blüte, schmale Weingärten, eine Welt ohne falschen Ton. In Kopfhöhe an ihnen vorbei die Fenster, winzig. Rotblühende Geranien, blendendweiße gebauschte Gardinen, dahinter die dunklen Stuben mit ihren unauflösbaren Geheimnissen. Ab und an, wie schreckerfüllt, ein flaches fahles Gesicht, von einer Haube umrahmt.

Der Geheime Rat, sagt Kleist, doch auch Herr Merten

preisen mir die Vorzüge der neuen Zeit gegenüber denen der alten. Ich aber, Günderrode, ich und Sie, denk ich, wir leiden unter den Übeln der neuen.

Aus den Höfen, aus Kellerluken das ganze Jahr über der Geruch von Gärung. Sie trinke selten Wein, sagt die Günderrode. Meist müsse sie den Genuß mit Kopfschmerz bezahlen. Sie bestätigt Kleist, daß die erwachsenen Leute um diese Zeit noch in den Weinbergen arbeiten. Nach den Spaziergängern blicken, ohne Erstaunen zu zeigen, nur Alte und Kinder. Das letzte Anwesen, eh die Uferwiesen beginnen, ist eine Tischlerei. Holz, weiß leuchtend, auf dem Hof gestapelt. Das einschneidende Geräusch einer Säge. Ihren Wunsch, Tischler zu werden, hab ich verstehen können, sagt die Günderrode. Mir würde es auch gefallen, abends nach einer einfachen Arbeit müde mit Menschen um einen Tisch zu sitzen. Die Wärme. Die Nähe der andern.

Er sagt, der abendliche Tisch sei es nicht gewesen, nicht der Lichtkreis der Kerze. Ein Stuhl war es, den er bei Wedekind gesehn, so als hätte er niemals vorher einen Stuhl wirklich betrachtet. Ein schönes Stück, gediegen, dauerhaft. Da schien es mir so natürlich, sagt er, Geschick und Kraft und Fleiß an die Herstellung solcher Möbel zu wenden, deren Nutzen außer Frage steht.

Ja, sagt die Günderrode, das ist wohl verständlich, daß wir dem Zwang, dem wir unterstellt sind, in Gedanken wenigstens zu entfliehen trachten. In der Wirklichkeit ist es uns nicht erlaubt.

Nahm sie ihn nicht ernst genug? Oder zu ernst? Und was gab ihr das Recht, sie beide, sich und ihn, in dem Worte »wir« zusammenzufassen?

Die Bettine, die alle Leute zu kennen scheint, zwischen den Gruppen hin- und herläuft, holt sie ein, fragt in ihrer mutwilligen Laune, was sie sich wünschen würden, hätten sie drei Wünsche frei. Die Günderrode lacht: Ich sag's dir später. Sie wüßte keinen, ihre Wünsche sind unbegrenzt.

Kleist? Und Sie?

Kleist sagt: Freiheit. Ein Gedicht. Ein Haus.

Unvereinbares, das Sie vereinbaren wollen.

Ja, sagt er, leichthin. Ich weiß.

Die Bettine verspricht einen überaus schönen Sonnenuntergang. Sie bestürmt Clemens, dem sie die Gitarre nachgetragen hat, ihnen etwas zu singen. Gut, sagt der, ein einziges Lied, sein neuestes. Gewidmet sei es Tian, der schönen Dichterin. Er singt:

Süßer Maie, Blütenjunge,
Bring ihr blühnde Friedenszweige,
Bitte sie mit süßer Zunge,
Daß sie dir die Blume zeige
Der sie gerne mag vertrauen
In den Busen ihr zu blicken.

Und dann will ich auf den Auen
Einen lieben Kranz ihr pflücken,
Will die Blumen sprechen lehren:
»Wolle Huld der Schuld gewähren,
Die schon harte Straf erlitten.«

Ein Zauber geht von Clemens aus, der mit seinen Unarten versöhnt, selbst wenn sie weiß, daß er es darauf anlegt. Kniend überreicht er ihr einen Zweig, sie duldet es, spielt die gnädige Herrscherin. Man applaudiert, fordert neue Lieder. Kommen Sie, Kleist, sagt die Günderrode, nimmt seinen Arm und zieht ihn stromaufwärts, während die übrige Gesellschaft den rechten Uferweg einschlägt.

Gleich reut es sie. Sie hätte den Impuls unterdrücken sollen. Er würde auch lieber allein gehn. Er verwünscht seine Dressur, die ihn hindert, sich zurückzuziehen, wenn er will. Wozu diese wüsten Wintermonate in Mainz, wenn sie ihm das bißchen Freiheit gegen andre nicht gegeben haben.

Die Günderrode sagt zu sich selbst, doch so, als erwidere sie ihm: Ja, es sei ihre schwerste Erfahrung, daß zerstörbar in uns nur ist, was zerstört sein will, verführbar nur, was der Verführung entgegenkommt, frei nur, was zur Freiheit fähig ist; daß diese Erkenntnis sich in einer ungeheuren Weise vor dem, den sie betrifft, verbirgt, und daß die Kämpfe, in denen wir uns ermatten, oft Scheingefechte sind.

Es durchfährt Kleist, ob er um einen simplen Irrtum so könnte gelitten haben. Gewöhnt, grausam gegen sich zu sein, macht ihm der Gedanke eine ingrimmige Freude, gern würde er ihm nach allen Richtungen hin nachhängen. Dies wäre einmal eine Idee, die einen Menschen umbringen könnte, der sie sich nur recht zu Herzen nähme; aber da ist das Fräulein und sieht ihm entgegen, geschickt in die Landschaft gestellt, billige Regie, mißlich und ärgerlich. Kleist will kein Hehl daraus machen, wie er die Einrichtung durchschaut. Dann stört ihn schon wieder, daß er für die mindeste Regung einen Entschluß nötig hat. Die wahren Handlungen entspringen der Seele unmittelbar, ohne den Kopf zu passieren, doch zu ihnen ist er nicht fähig, das hat er oft bis zur Erschöpfung mit Pfuel erörtert.

Jetzt versteht er plötzlich seine immerwährende Müdigkeit. Ein Vergleich fällt ihm ein: Eine Maschine, die auf höchste Touren gebracht und zugleich gebremst wird. Der Verschleiß muß erheblich sein, sogar berechenbar. Es ist, sagt er, höchst merkwürdig, wie man einer Denkart, die man für verkehrt erkannt, doch immer wieder unterliegt und die Gewalt nicht aufbringt, den Karren aus der gewohnten Bahn zu reißen. Manchmal komme eine äußere Erschütterung dem festgefahrenen Kopf zu Hilfe, wie es ihm vor einigen Jahren in Butzbach passiert sei, als die

Pferde seiner Kutsche, durch das Geschrei eines Esels hinter ihnen erschreckt, durchgegangen seien und ihn und seine Schwester in höchste Gefahr gebracht hätten.

Butzbach? sagt die Günderrode. Aber das kenn ich doch genau. Da hat doch meine Großmutter gelebt, da hab ich doch nach ihrem Tod ein halbes Jahr gewohnt!

Kleist beschreibt ihr die Unfallstelle, sie kann Einzelheiten beibringen, die er in der Aufregung nicht bemerkt hat. Niemals vergessen aber wird er den skeptischen Gedanken, den er für seinen letzten hielt: So hängt ein Menschenleben an einem Eselsschrei?

Jetzt ist mir, als sei ich für Ihren Gedanken verantwortlich, bloß weil er Ihnen in Butzbach kam! ruft die Günderrode lachend.

Ja, glauben Sie denn, sagt Kleist, wir könnten dem blinden Zufall, der unser Leben regiert, etwas Nennenswertes entgegensetzen!

Der Mann rührt sie an; ob er ihr gefällt, weiß sie nicht, aber auch Abneigung würde ihr Urteil über ihn nicht trüben: Das ist es ja, was sie Kälte nennen, daß sie sich nicht ihren Vorurteilen überläßt. Übrigens will sie ihre Ansichten dem Herrn von Kleist nicht aufdrängen, der, gerade wenn er ernst und heftig wird, etwas Komisches an sich hat, inwiefern, könnte sie nicht sagen. Sie muß mit der Bettine darüber nachdenken, warum ihr so häufig junge Männer begegnen, denen sie sich überlegen fühlt.

Ihre Frage, Kleist, führt zu nichts außer zu Selbstquälerei. Der Esel schrie, Ihr Pferd ging durch – schön und gut. Ihr Selbstgefühl rebelliert gegen einen solchen Tod. Doch hätten Sie ihn zufällig nennen können? Wäre er nicht eine Folge aus Ereignissen gewesen, die Sie selbst herbeigeführt haben? Was hat Sie nach Butzbach getrieben? Was suchten Sie auf dieser Reise, die Sie auch hätten unterlassen können?

Sie sind sehr scharfsinnig, Günderrode. Jene Reise – sehr eigentümlich stand sie von Anfang an unter einem Doppelstern. Teils wollte ich sie, um mich zu zerstreuen, da mir durch die nähere Bekanntschaft mit der Kantischen Philosophie mein einziges, höchstes Ziel, mir Bildung und Wahrheit zu erwerben, als unerfüllbar versunken war; teils wurde sie mir aufgezwungen: Da meine Schwester auf ihre Teilnahme nicht verzichten wollte, benötigten wir andre Pässe, in die Ziel und Zweck der Unternehmung eingetragen wurden. Was sollte ich sagen? Da stand plötzlich »Paris«, und, zu meiner ungläubigen Verwunderung: »Studium der Mathematik und Naturwissenschaften«. Ich, der nichts vorhatte, als dem Wissen zu entfliehn! Schon war meine Brieftasche voller Empfehlungsschreiben an Gelehrte in der französischen Hauptstadt. Ich glaubte zu träumen. Sollte ich reisen? Wollte ich es noch? Durfte ich noch davon Abstand nehmen? So wurde mein freier Entschluß mir unter der Hand verfälscht, ich konnte mich aus der Verstrickung nicht lösen, und mit den zwiespältigsten Gefühlen bestieg ich den Reisewagen.

So gesehn, setzt er in Gedanken hinzu, wäre jener Zwischenfall in Butzbach allerdings nichts weniger als ein unmotivierter Zufall gewesen. Nachträglich findet er fast Anerkennung für dieses Henkerspiel, das aus den allerverschiedensten Fäden – solchen, die es absichtslos, versehentlich aufnimmt, und den schicksalhaften, zwangsläufigen – einem Menschen den Strick zu drehen weiß.

Es heitert ihn auf, wenn er das Leben auf seinen Tricks ertappt.

Jetzt schweigt er wieder. Die Günderrode zweifelt, welche Gegenstände sie ihm gegenüber gesprächsweise berühren darf, welche nicht. Natürlich wird sie die Pfarrerstochter von Wiesbaden nicht erwähnen, von der sie den Wedekind maliziös hat flüstern hören. Dieser Kleist sieht nicht aus, als dürfe man ihm mit seinen Amouren schmeicheln. Das spricht eher für ihn. Sie, deren strenge Selbstkontrolle durch ihre Müdigkeit, durch Savignys Anwesenheit gelockert ist, erinnert sich zum Glück an eine Nebensächlichkeit, auf die sie aus dem ganzen beiläufigen Geschwätz über den Kleist aufmerksam wurde.

Ihr Fräulein Schwester, hör ich, sei eine unternehmende Dame?

In welchem Sinn.

Warum diese Gereiztheit wieder. Warum immer noch,

und – er weiß es ja – bis an sein Lebensende, diese Verletzbarkeit durch die bloße Erwähnung seiner Familie. Wo ein Messer einmal tief ins Fleisch geschnitten hat, tut die Berührung durch eine Feder weh. Er kann nicht erzwingen, was allein den Schmerz lindern würde: Sie, bei denen er alles fand, was ein Herz binden kann – Liebe, Vertrauen, Schonung, Unterstützung mit Rat und Tat –, auch seinerseits nach Gebühr zu lieben oder sich einzugestehn, daß es nicht möglich ist, und sich so von der Schuldigkeit zu befreien. So widersprechen sich in mir Handlung und Gefühl...

Ihre Schwester, sagt man, habe Sie in Männerkleidern bis nach Paris begleitet.

Er ist außerstande, das tiefere Interesse hinter den Fragen der Günderrode wahrzunehmen. Sie ist wie alle. Sensationen, nichts andres. Ulrike, das arme Mädchen.

Die Günderrode liest ihm seine Gedanken ab und fühlt sich rot werden. Sie verbirgt ihm den Unwillen nicht, den er verdient, als er jenes oft bewährte Stückchen zum besten gibt, in dessen Mittelpunkt Ulrike steht: Wie sie in Paris, wo niemand sonst sie in ihren Männerkleidern als Frau erkannt, von einem blinden Musiker, dem sie über sein Spiel ein Kompliment gemacht, mit Madame angesprochen wird und danach fluchtartig mit ihm den Saal verlassen muß.

Die Günderrode lacht nicht. Selten ist sie neidisch, jetzt ist sie's.

Ihre Schwester möchte ich kennen.

Kleist weiß nicht: Soll er verletzt sein? Er verlangt den Grund für diesen Wunsch zu wissen.

Der Günderrode ist es einerlei, ob sie mit einem engstirnigen oder mit einem großmütigen Menschen spricht. Sie sagt, nach ihrer Beobachtung gehöre zum Leben der Frauen mehr Mut als zu dem der Männer. Wenn sie von einer Frau höre, die diesen Mut aufbringe, verlange es sie danach, mit ihr bekannt zu sein. Es sei nämlich dahin gekommen, daß die Frauen, auch über Entfernungen hinweg, einander stützen müßten, da die Männer nicht mehr dazu imstande seien.

Das muß sie ihm schon näher erklären.

Ach Kleist, Sie wissen es doch. Weil die Männer, die für uns in Frage kämen, selbst in auswegloser Verstrickung sind. Ihr werdet durch den Gang der Geschäfte, die euch obliegen, in Stücke zerteilt, die kaum miteinander zusammenhängen. Wir sind auf den ganzen Menschen aus und können ihn nicht finden.

Jetzt schweigt der Mann. Soll eine Frau so sprechen? Was zwingt ihn denn, mit dieser hier, die er ein einziges Mal in seinem Leben sieht, über die Bestimmung ihres und seines Geschlechts zu reden? Über seinen verborgensten Selbstzweifel, sein peinlichstes Versagen? Der Punkt, der unaussprechlich bleibt?

Was die Ulrike betrifft, mag das Fräulein Günderrode,

einfühlsam, wie Frauen sein können, einen richtigen Instinkt haben. Doch er vermeidet es und wird es weiter vermeiden, dem Mut, ja, Übermut, den die Schwester allerdings öfter bewies, tiefer nachzugehn. Er weiß nichts andres und will nichts andres wissen, als daß auf dem Grund ihrer Seele das Bild des Bruders ist, an dem sie Mutterstelle vertrat, den sie mit einer ausschließlichen, besitzergreifenden Liebe liebt und der, sie will es – oder er? –, in ihrem Leben der einzige Mann bleiben soll. Rücksichtslos, er? Und wenn seine Rücksichtnahme sie beleidigen würde? Alles, beinahe alles, was sie sagt und tut, paßt in das Bild der Schwester, die an ihrer Aufopferung für den Bruder Genüge findet. Die, nicht begütert, nicht überaus anmutig, nicht auffallend charmant und weiblich – unähnlich der Frau, die an seiner Seite geht –, kaum hoffen kann, sich gut zu verheiraten. Die aber auch, soviel Kleist weiß, an dieser Hoffnung niemals sehr gehangen hat.

Dies der unauflösbare Rest, der in den Umriß nicht paßt und über den sie sich mit keinem Wort, nicht einmal mit einem Blick verständigen müssen oder dürfen. Er nicht ganz Mann, sie nicht ganz Frau... Was heißt denn das. Geschwisterliebe, über die das Menschenwesen die Hände hält. Duldet, indem es nicht wahrnimmt, was in abgrundtiefer Stummheit das Blut da treibt. Wohltat der Blutsverwandtschaft, ungedachter Gedanke. Verwandtschaft, welche die Fassungslosigkeit vor dem fremden Geschlecht mildert, dem man sich nicht ausliefern kann.

Kleist hat Gründe für den Verdacht, daß Ulrike auch in der Blütezeit seines Verlöbnisses mit diesem Fräulein von Zenge – ersehnte Sicherheit in der Konvention! – über das Scheinhafte dieser Verbindung im geheimen Einverständnis mit ihm gewesen, das ihm ebenso lästig war wie ihr unaufhörliches Drängen, sein Versprechen gegen die Verlobte endlich einzulösen. Wer uns am besten kennt, trifft am genauesten. Allerdings: Nicht dieses Drängen, das ihnen den Pariser Aufenthalt noch mehr vergällte, hat ihn bis zur Raserei gegen sie aufgebracht; ihn erbitterte, daß er ihr die Komödie nicht durch ein offenes grobes Wort zerfetzen konnte.

Weiber.

Was Sie eben gedacht haben, das haben Sie vorher nicht gewußt, nicht wahr.

Was haben Sie mit mir vor?

Er blickt um sich. Das Gelb des Löwenzahns im Grün, Farben, vor die man die Maler führen müßte, um sie zu lehren, was Wörter wie gelb und grün eigentlich meinen. Eine Wiese, zu beispielhaft, als daß man sie noch Wiese nennen dürfte. Rechterhand das Silberflimmern der Uferweiden, auf dem die Reflexe des Wassers spielen. Etwas in uns wehrt sich gegen die Vollkommenheit der Natur, wenn sie unsrer eignen Zerrissenheit entgegentritt.

Die Günderrode muß wieder ihre Augen abschirmen. Kleist ginge jetzt ungern allein. Dann wieder ist es ihm nicht recht, daß die Frau eine Empfindung ausdrückt, die er kennt. Nichts könnte dichter sein und schöner und wirklicher, sagt sie, als diese Landschaft, die ihr oft wie die Ausweitung ihrer selbst vorkomme. Und doch könne sie sich ihr zwischen zwei Lidschlägen zur bemalten Leinwand verändern, über ein Gerüst gespannt, zu keinem andern Zweck als dem der Verhöhnung. Und sie fürchte, wünsche aber auch, die Leinwand werde reißen – im Schlaf, wenn sie hochfahre, höre sie manchmal das Geräusch; und was wir dann zu sehn kriegten, Kleist, blickten wir durch die Risse in den Abgrund hinter der Schönheit: das würde uns stumm machen.

Die ungesunde Lust, auf die Hebel und Stangen hinter den Kulissen zu zeigen – bei einer Frau hat Kleist sie noch nicht angetroffen.

Gräßlich das Chaos, sagt sie, die unverbundenen Elemente in der Natur und in uns. Die barbarischen Triebe, die, mehr als wir es wissen, unsre Handlungen bestimmen. Gräßlich wahr – das könne sie sich denken.

Solche Wörter. Nie würden die Älteren sie in einen Satz stecken.

Beide denken den gleichen Namen: Goethe.

Das Gräßlichste, sagt Kleist, ist doch jener innere Befehl, der mich zwingt, gegen mich selbst vorzugehn.

Und die Günderrode erwidert, wie man eine Gedichtzeile zitiert: Was mich tötet, zu gebären.

Er kann nicht wissen, daß sie solche Zeilen geschrieben hat.

Günderrode! Den Satz nehmen Sie zurück.

Nicht, Kleist. Man kann kein Wort zurückholen.

Was hat doch Wedekind ihm nahegelegt? Maßhalten, Selbstbesinnung, auch Bescheidung. Nicht dieser Aufruhr. Nicht die eiskalten Hände, das Klopfen des Pulses in den Schläfen. Nicht diese heikle Lust an der Gefahr. Nicht wieder diese zügellose Hoffnung: All das nicht, was ihn zu dem macht, der er ist. Verloren, Wedekind. Das wird nichts.

Günderrode, sagt er, aber ist es uns nicht geboten, innezuhalten, eh sich solche Sätze in uns bilden!

Ja, sagt die Frau. Das ist uns geboten.

Und?

Und wir müssen das Gebot übertreten.

Warum?

Das weiß man nicht.

Vögel gibt es hier, die unter entsetzlichem Geschrei aus einer hohen Weide aufstieben, als sie vorübergehn. Kleist erschrickt. Die Günderrode legt ihm ihre Hand auf den Arm. Sie wissen, daß sie nicht berührt werden wollen. Zugleich spüren sie ein Bedauern, ein Mitleid mit der unterdrückten Sprache ihrer Körper, eine Trauer über die allzu frühe Zähmung der Glieder durch Uniform und Ordenskleid, über die Gesittung im Namen des Reglements, über die heimlichen Exzesse im Namen seiner Übertretung. Muß man erst außer sich sein, um das Verlangen zu kennen, die Kleider herunterzureißen und sich auf dieser Wiese zu wälzen.

Einmal, es war auf dem schmählichen Rückweg von der französischen Küste, als selbst die Aussicht auf den Tod sich zerschlagen hatte, ist Kleist um Mitternacht, müde, doch mit überscharfen Sinnen, durch ein flachwelliges Gelände gegangen. Wenn er in der Senke war, lagen die Hügel um ihn wie die Rücken großer warmer Tiere, er sah sie atmen, er stand still und fühlte den Herzschlag der Erde unter seinen Fußsohlen, und er nahm seine Kräfte zusammen, um dem Anblick des Himmels standzuhalten, weil die Sterne – nicht als Lichter, als die er sie sonst gesehn hatte – in ihrer funkelnden ungeheuren Körperlichkeit auf ihn herabzustürzen drohten. Er vergaß sich, ohne sich aufzugeben, er lief lange und sah endlich rechterhand die Morgenlichter eines Dorfes, er klopfte an eine Tür, eine Frau öffnete ihm, ihr Gesicht schien ihm schön im Kerzenschein, sie ließ ihn ein, stumm stellte sie ihm eine Schüssel Milch auf den rohen Tisch und wies ihm ein Strohlager an, er streckte sich aus und hatte an Leib und Gliedern erfahren, was Freiheit ist, ohne daß das Wort ihm ein einziges Mal in den Sinn gekommen war. Ein Maß war ihm gesetzt, das zu erfüllen er anstreben mußte, eine Verheißung, daß es im Menschen, auch in ihm lag, eine Gangart zu finden, die ins Freie führt; denn was wir wünschen können, muß doch im Bereich unsrer Kräfte liegen, dachte er, oder es ist nicht ein Gott, der die Welt regiert, sondern Satan, und der hat sich in einer irren Laune ein Unwesen erschaffen, dessen Bestimmung es wäre, im Schweiße seines Angesichts sein eignes Unheil an einer Hexenkette aus dem Schoß der Zeit zu ziehn.

Sein Blick trifft den Blick der Günderrode. Jetzt tut es ihm leid, daß er ihre Poesien nicht kennt. Es könnte der Mühe wert sein, ihre Unbedingtheit an der seinen zu messen. Vielleicht gibt es doch einen Menschen unter dem Himmel, dem er den Gram anvertrauen kann, der ihn aufzehrt. Man versteht nicht, was man nicht mit andern teilt.

Goethe, sagt er, selbst überrascht, hat, irr ich nicht, lange nichts Poetisches hervorgebracht.

Da lacht sie verständnisinnig.

Manchmal, sagt er, ist mir schon der Verdacht gekommen, daß er, ich finde das Wort nicht gleich – lebensfremd ist.

Was meinen Sie? So etwas wie das Lamento der Sanvitale, warum die Natur aus Tasso, dem Dichter, und Antonio, dem Staatsmann, nicht einen einzigen Menschen gemacht habe?

Ja, dies! ruft Kleist. Etwas der Art. – Das Stammeln ist

ihm lange vergangen. – Daß er schier Unmögliches für wünschbar ausgibt, dadurch für machbar.

Hat es aber am eignen Leib erprobt.

Und wird den Preis dafür bezahlt haben.

Die Unzahl von Stunden, die er daran gewandt hat, mit diesem Menschen fertig zu werden, blind durch Liebe, scharfäugig durch Haß. Jede Demütigung vorgefühlt, die ihm der andre noch bereiten muß. Tollheit, sich den Stachel tief ins Fleisch zu treiben. Und jener? Wenn er mit heiler Haut davonkäme, unangefochten durch meine Existenz. Wenn es mir nicht gelänge, ihm meine Leiden heimzuzahlen. Ich werde ihm den Lorbeer von der Stirne reißen.

Fürchten Sie nicht, der Maßstab, dem Sie sich unterworfen, könnte Sie vernichten?

Sie, Günderrode, als Frau, können es nicht wissen, was Ehrgeiz ist.

Das Wort ist ausgesprochen.

Der Mensch, denkt die Günderrode, ist mir fremd, und in der Fremdheit nah. Ehrgeiz, sagt sie, als horche sie dem Wort nach.

Denken Sie nicht gering von der Furie, Günderrode.

Wollen Sie Ihr Leben von Furien gejagt durchlaufen!

Wollen! Sie machen mich lachen.

Ihnen erscheint es wie ein eisernes Muß. Ich übe mich darin, was ich muß, auch zu wollen.

Und verschaffen sich so die Illusion der Freiheit.

Nach ihrer Beobachtung, sagt sie, schärfe sich der Ehrgeiz der Begabten an der Ungunst der Verhältnisse, der Ehrgeiz der Unbegabten an ihrem verzerrten Selbstgefühl.

Gut gegeben. Und welcher Sorte schlagen Sie mich zu?

Das weiß ein jeder von sich selbst.

Nein, Günderrode! Sehn Sie nicht manchen sein Unglück auf einer Selbsttäuschung gründen? Und selber nichts davon merken, ums Verrecken nicht?

Ist wahr, sagt sie. Unsere Blindheit. Daß wir nicht wissen können, wohin unsre Abweichungen von den Wegen uns führen. Daß die Zeit uns verkennen muß, ist ein Gesetz. Aber ob das, was wir uns herausnehmen, eines fernenen Tages zu einer gewissen Geltung kommt...

Kleist fragt sich, wann und auf welche Weise die dunkle Farbe in sein Leben gekommen ist und sich darin ausgebreitet hat wie schwarze Tinte in einem Gefäß mit klarem Wasser. Er erinnert sich – doch so, als denke er an einen Fremden – der Sonntage während seiner Offizierszeit, als er von Potsdam aus mit drei Freunden über Land zog und in Dorfgasthäusern zum Tanz aufspielte. Das war in einem anderen Leben. Selbst die Fähigkeit, sich dahin zurückzuwünschen, ist ihm vergangen. – Ob die Frau neben ihm, die lange zu schweigen versteht, die eine Frage auf sich beruhn lassen kann, die gleichen Brechungen von Grün in den Schatten sieht, welche die Weiden werfen? Ob der

Fluß, der beinah stillzustehn scheint, auch für sie diesen metallischen Glanz hat, den die Sonne nur um diese Stunde erzeugt durch ihre Stellung zur Erde. Alles ist erklärbar. Er sieht sich und sie aus einer beträchtlichen Entfernung, als stünde er, während er neben ihr geht, zugleich auf einem erhöhten Beobachterposten, als skurrile Figuren am Ufer des Rheins. Passables Sujet für ein Aquarell. Aber würde ein Maler imstande sein, die Abtrennung eines jeden von sich selbst, vom andern, von der sie umgebenden Natur aufs Papier zu bringen? – Das ist uns vorbehalten, denkt Kleist.

Und wissen Sie auch, warum der Alte in Weimar keine Tragödie zustande bringt?

Nun?

Er fürchtet sich davor. Das ist es.

Ihre Zustimmung, ihre Komplicenschaft bleibt aus. Sie sagt, als habe sie über etwas anderes nachgedacht: Sie, Kleist, nehmen das Leben gefährlich ernst.

Eines Tages, Günderrode, wird er sich vor mir fürchten.

Das wird unbequem für Sie sein.

Sie schweigen.

Und Sie, Günderrode? Sie wollen sich einreden, daß Sie sich mit Ihrer eingeschränkten Existenz versöhnen könnten?

Dann erschrickt er. Undenkbar lange hat er die Grenze

zu den verbotenen Bezirken eines andern nicht mehr verletzt. Ist er bedroht, daß er angreifen muß?

»Rot – Lebensfarbe und Todesfarbe.« Gedanke ohne Zusammenhang. Die Günderrode sieht sich in dem schwarzen Ordenskleid mit dem hohen steifen Kragen als Jüngste an der langen Tafel stehn, bis die Oberin das Zeichen zum Gebet und zum Beginn der Mahlzeit gibt. Die Erstarrung, die Angst davor. Sie hat den Ton im Ohr, der sie von allen gewöhnlichen Geräuschen abschirmt und ihr anzeigt, daß es Zeit ist, sich zurückzuziehn, die Vorhänge zu schließen und sich langzulegen auf das harte schmale Bett. Hinter geschlossenen Lidern dem Kopfschmerz die Herrschaft überlassen. Kälte der Gliedmaßen, schalltoter Raum. Der brandrote, im Pulsschlag vibrierende Punkt über der Nasenwurzel. Rückzug des verschmähten Körpers auf sich selbst. Und ihr geheimes Wissen, das Mittel gegen diese wehen Tage zu besitzen, ohne es noch brauchen zu können, weil es mehr schmerzen würde, als körperlicher Schmerz je schmerzen kann: den Grund für ihr Vergehen aussprechen. Durch Benennung bannen, auch töten. Der Tag, an dem sie den Namen für ihr Leid vor sich selber ausspräche, müßte ihr letzter sein.

»Du innig Rot, bis an den Tod soll meine Lieb dir gleichen...«

Günderrode, sprechen Sie nicht! Verzeihn Sie mir!

Nicht doch. Auch eine eingeschränkte Existenz läßt sich

dehnen bis zu ihren Rändern, die vorher unsichtbar sind. Nur das, wofür wir keine Sinne haben, ist uns verloren. Wem das Auge des Geistes aufgegangen ist, der sieht andern unsichtbare, mit ihm verbundene Dinge. Alles, was das Gemüt anregt, erfrischt und erfüllt, ist mir heilig, sollte auch im Gedächtnis nichts davon zurückbleiben.

Ist das Weisheit, Günderrode? Selbstbescheidung?

Mir sind nicht allein durch meine Verhältnisse, auch durch meine Natur engere Grenzen in meiner Handlungsweise gezogen als Ihnen, Kleist.

Sie haben den Ausgleich, das Gedicht. Gedichte sind ein Luxus der Glücklichen.

Zu denen Sie sich nicht zählen.

Nein.

Sich im Gedicht unmittelbar auszusprechen, ist ihm versagt; sein Bedürfnis, Gefühl in Versen zu verströmen, sprengt die Riegel nicht, die vor gewisse Bezirke seines Innern gelegt sind. Im heiteren Lebensgenuß, im Lieben, im Gedicht ist ihm der Weimarer voraus. Ein Begünstigter. Undenkbar, der – als Waise, fast mittellos, und Lieutenant in der Garnisonstadt Potsdam, gebeugt unter das Exerzierreglement. Demütigungen; deren unleidlichste: andre demütigen müssen. Auf den haben die Umstände nie so barbarisch gedrückt, daß jeder Traum, ehe er noch entstand, an seiner Unerfüllbarkeit zugrunde ging und die Traumreste den Stoff zersetzten, aus dem Gedichte gemacht werden. Er traut sich nicht.

Manchmal, sagt Kleist – irgend etwas an dieser Frau entzieht ihm wie ein Magnet die angreifbarsten Geständnisse –, manchmal ist es mir unerträglich, daß die Natur den Menschen in Mann und Frau aufgespalten hat.

Das meinen Sie nicht, Kleist. Sie meinen, daß in Ihnen selbst Mann und Frau einander feindlich gegenüberstehn. Wie auch in mir.

Was weiß sie von ihm. Wohin begeben wir uns.

Wir können keine Voraussagen machen.

Ich lache, Günderrode.

Warum?

Warum lacht man. Nicht aus Fröhlichkeit. Wie man bald aufhörn wird, aus Trauer zu weinen. Bald werden wir für alles, was uns überkommt, nur noch dieses Gelächter haben. Ein Höllengelächter wird uns, ich weiß nicht, wohin, begleiten.

Wir werden nicht dabei sein, Sie und ich.

Nein.

Wenn man begreifen könnte, von welcher Art diese Strömung ist und warum sie so reißend wird. Ein Geschiebe wie von Eisschollen. Es ist, als stünd ich auf einer Scholle, im Eisgang, in absoluter Finsternis. Der Strom geht, ich weiß nicht, wohin, die Scholle neigt sich, einmal zu dieser, einmal zu jener Seite. Und ich, von Entsetzen durchdrungen, von Neugier, von Todesfurcht und vom Verlangen nach Ruhe, ich soll um mein Gleichgewicht kämpfen. Lebenslänglich. Und Sie, Günderrode, Sie sagen mir jetzt, wer solche Urteile über uns verhängt.

Ein paar Leute, die mit Arbeitsgerät an ihnen vorbeigehn, sehen sich nach dem Mann um, der das Fräulein am Arm gepackt hat. Sie scheint nichts Ungebührliches dabei zu finden, Beistand nicht zu brauchen, auch den weiten Rückweg nicht zu scheun, der ihnen bevorsteht.

Ich glaube, wir fragen falsch, wenn wir uns dem Schicksal gegenüberstellen, anstatt zu sehn, daß wir mit ihm eins sind; daß wir, was mit uns geschieht, insgeheim herausfordern. Verstehn Sie, Kleist? Sonst geschähe bei ähnlichen Umständen einem jeden das gleiche.

Wäre das die Frau, vor deren Liebe man keine Angst haben müßte?

Einmal sollte einer ihr gegenübertreten, von dem sie nichts weiß. Von dem sie nichts erfahren kann, außer sie erfährt sich selber bis auf den Grund, bis an ihre Grenzen und darüber hinaus. Und dann nichts weiter. – Sie erinnert sich, wann ihr der Gedanke zum erstenmal kam: Als Savigny damals in den Reisewagen stieg und sie ihm mit dem Kutschenschlag die Hand einklemmte; als er abreiste, und sie plötzlich gefaßt, alles voraussah, was diesem Abschied folgen würde, weil das alles in ihr beschlossen war. Sie begriff, wie manche Leute zur Sehergabe kommen: Ein starker Schmerz oder eine starke Konzentration erleuchtet die Landschaft ihres Innern. Savigny tauchte nicht darin auf, obwohl sie es sehnlich zu wünschen glaubte. An ihr hätte es gelegen, einem Verlangen, dessen Kraft und Innigkeit zu erschlaffen begann, neue Nahrung und Bindung zu geben. Sie aber überließ sich ihrer Trägheit, fast Schläfrigkeit. Und neulich, als sie in großer Gesellschaft die Hochzeit von Gunda Brentano und Carl Savigny feierte, konnte sie sich kaum freimachen von der seltsamen Empfindung, die Braut schon einmal umarmt, dem Bräutigam schon einmal die Hand gedrückt, mit den gleichen Leuten, aus gleichem Anlaß schon einmal an dieser Tafel gesessen zu haben. – Sie brächte die Glut auf, die Wand zwischen sich und den andern einzuschmelzen. Ein Vorgefühl des Lebens, das diesen Namen verdient, ist in ihr. Einmal wird sie dem folgen müssen, besinnungslos. Daß sie daran sterben wird, weiß sie, aber auch, daß sie dieses Wissen vergessen kann, wenn es soweit ist. Daß der Tod sie überraschen muß.

Um mich zu ergänzen, denk ich manchmal, braucht ich die ganze übrige Menschheit. Da sehn Sie den Irrsinn.

Was ich sehe, Kleist, ist Mangel.

Die Frau leidet, Kleist bezweifelt es nicht, aber die Frauen sind das leidende Geschlecht. Sie wird sich drein schicken, wenn auch, das gesteht er ihr zu, schwerer als die meisten – darin der Schwester verwandt. Doch sagt er sich:

Sie ist versorgt, was immer das heißen mag; sie muß ihre Gedanken nicht an die trivialsten Erfordernisse des Alltags wenden. Daß sie keine Wahl hat, erscheint ihm als Gunst. Sie ist, als Frau, nicht unter das Gesetz gestellt, alles zu erreichen oder alles für nichts zu halten.

Kleist zählt sich die Staaten auf, die er kennt, es ist ihm ein Zwang geworden. Daß ihre Verhältnisse seinen Bedürfnissen strikt entgegenstehn, hat er erfahren. Mit gutem Willen, angstvollem Zutraun hat er sie geprüft, widerstrebend verworfen. Die Erleichterung, als er die Hoffnung auf eine irdische Existenz, die ihm entsprechen würde, aufgab.

Unlebbares Leben. Kein Ort, nirgends.

Manchmal spürt er die vertrackte Drehbewegung der Erdkugel bis in sein innerstes Gebein. Einmal wird es ihn über den Rand dieser beschränkten Kugel schleudern, er ahnt schon den Zugwind. Während die Frau hier, so unwahrscheinlich es ist, doch immer noch ihren Liebhaber finden kann, ein bescheidnes Haus, in dem sie Kinder um sich versammeln und ihre Jugendgrillen vergessen mag.

Glauben Sie, Günderrode, daß jeder Mensch ein unaussprechbares Geheimnis hat?

Ja, sagt die Günderrode. In dieser Zeit? Ja.

Die Antwort hat sie bei der Hand gehabt.

Sie bleiben stehn, drehn sich einander zu. Jeder sieht den Himmel hinter dem Kopf des andern. Das blasse spätnachmittagliche Blau, keine Wolkenzüge. Sie mustern sich unverhohlen. Nackte Blicke. Preisgabe, versuchsweise. Das Lächeln, zuerst bei ihr, dann bei ihm, spöttisch. Nehmen wir es als Spiel, auch wenn es Ernst ist. Du weißt es, ich weiß es auch. Komm nicht zu nah. Bleib nicht zu fern. Verbirg dich. Enthülle dich. Vergiß, was du weißt. Behalt es. Maskierungen fallen ab, Verkrustungen, Schorf, Polituren. Die blanke Haut. Unverstellte Züge. Mein Gesicht, das wäre es. Dies das deine. Bis auf den Grund verschieden. Vom Grund her einander ähnlich. Frau. Mann. Unbrauchbare Wörter. Wir, jeder gefangen in seinem Geschlecht. Die Berührung, nach der es uns so unendlich verlangt, es gibt sie nicht. Sie wurde mit uns entleibt. Wir müßten sie erfinden. In Träumen bietet sie sich uns an, entstellt, schrecklich, fratzenhaft. Die Angst im Morgengrauen, nach dem frühen Erwachen. Unkenntlich bleiben wir uns, unnahbar, nach Verkleidungen süchtig. Fremde Namen, die wir uns zulegen. Die Klage in den Hals zurückgestoßen. Trauer verbietet sich, denn wo sind die Verluste?

Ich bin nicht ich. Du bist nicht du. Wer ist wir?

Wir sind sehr einsam. Irrsinnige Pläne, die uns auf die exzentrische Bahn werfen. In Männerkleidern dem Geliebten folgen. Ein Handwerk ausüben: Tarnung, zuerst vor uns selbst. Auch wenn man bereit ist zu sterben, tun die Verletzungen weh, welche die Menschen uns zufügen müssen; nimmt uns der Druck der eisernen Platten, die näherrücken, uns zu zerquetschen oder an den Rand zu drücken, allmählich doch den Atem. Kurzatmig, angstvoll müssen wir weitersprechen, das wissen wir doch. Auch, daß uns keiner hört. Auch daß sie sich gegen uns wehren müssen: Wo kämen sie hin. Dahin, wo wir sind – wer wollte es ihnen wünschen. Da wir uns nicht wünschen können, zu sein, wo wir sind. Da wir es nicht ändern können. Da wir uns lieben, uns hassen.

Daß die Zeit unser Verlangen hervorbringt, doch nicht, wonach uns am meisten verlangt.

Die niedergehaltenen Leidenschaften.

Wir taugen nicht zu dem, wonach wir uns sehnen.

Wir müssen verstehn, daß Sehnsucht keiner Begründung bedarf.

Die Zeit scheint eine neue Ordnung der Dinge herbeiführen zu wollen, und wir werden davon nichts als bloß den Umsturz der alten erleben.

Zu denken, daß wir von Wesen verstanden würden, die noch nicht geboren sind.

Um Haltung ringen. Als hätte, was wir tun oder lassen, am Ende eine Bedeutung.

Der Strom ist jetzt linkerhand, sie gehn gegen den Ort zurück. Die Sonne steht tief, doch bleibt es warm. Ein schöner Abend, die Günderrode atmet leicht, Kleist fühlt keine Schwäche mehr.

Bald wird er nach Hause zurückkehren, unter den blasseren Himmel, straff gespannt über die Türme des Schlosses, die Dächer der Ministerien, zwischen denen er auf schnurgeraden Straßen hin und her laufen wird, er sieht sich schon, in verschiedener Kostümierung. Manchmal, unter Unbekannten auf der Straße, nach stundenlangem Warten in einem staubigen Vorzimmer, bei Aktenarbeit, in einer gleichgültigen Unterhaltung wird ihn die böse Lust packen, laut zu schrein. Er wird die Zähne aufeinanderpressen, die Hände zu Fäusten ballen, die Regung unterdrücken und sich nach einer Minute den Schweiß von der Stirne trocknen. Kaum wird er an eine Dichterin namens Tian denken, wird seinen Vorsatz vergessen haben, sie zu lesen. Von ihrem Tod wird nur ein Gerücht zu ihm dringen, das ihn ferne und seltsam berührt, da er, an die eigne Fessel geschmiedet, einen neuen Zusammenbruch in herzzerreißenden Wendungen zu verbergen sucht, innigst und untertänigst dankend für eine Gnade, die ihn ruinieren mußte, sich entschuldigend für den fortdauernd kränklichen Zustand seines Unterleibs, der sein Gemüt angreife und ihn bei allen Geschäften, zu denen gezogen zu werden er das Glück habe, auf die sonderbarste Art ängstlich mache. So daß er, zu seiner innigsten Betrübnis, unfähig sei, sich diesen Geschäften fernerhin zu unterziehen. Der Günderrode Worte wird er nicht kennen, die sie zu gleicher Zeit an den Geliebten schreibt: Unser Schicksal ist traurig. Ich beneide die Flüsse, die sich vereinigen. Der Tod ist besser, als so zu leben.

Jetzt, Kleist, erzählen Sie mir von Ihrem Stück.

Sie kennen es, denk ich.

Nicht von dem. Von jenem, das keiner kennt, nicht einmal Sie selbst.

Sie ist nach Wieland die erste, die den ›Guiscard‹ kennenlernen will, den Kleist zu vergessen sucht. Warum er abwehre. Warum er eine einfache Auskunft verweigere.

Sie stellen Fragen, Günderrode!

Sie habe gelernt, zwischen echten und falschen Empfindlichkeiten zu unterscheiden und die falschen nicht zu berücksichtigen, bei sich selbst nicht, und auch nicht bei andern.

Seine Verschwiegenheit nenne sie falsch? – Kleist ist beinah belustigt.

Überflüssig nenne sie die.

Aber es ist mir unmöglich, über gewisse Dinge zu sprechen.

Das werden wir sehn. Sie glaube nicht, daß er diese Arbeit, an der ihm so viel gelegen, grundlos habe abbrechen müssen. Auch wenn er sie kühn finde: Der Grund interessiere sie brennend.

Er hat es sich gewünscht, daß einer so weit ginge.

Sie könne an eine simple Niederlage nicht glauben, sagt die Günderrode. Nur unbegabte Menschen brächten alles zu Ende. Manche Kapitulation zeige doch nur die Größe des Widerstandes an. Es gebe Fälle, da ein Plan scheitern müsse, der gleichwohl seine Berechtigung habe.

Welche Fälle, sagt Kleist.

Für Unlösbares gibt es keine Form.

Sie erstaunen mich.

Sie haben gedacht: ein Weib.

Ressentiments?

Lieber Kleist, sagt sie, so ein Wort hat es immer gegeben; man verbietet uns früh, unglücklich zu sein über unsre eingebildeten Leiden. Siebzehnjährig müssen wir einverstanden sein mit unserm Schicksal, das der Mann ist, und müssen für den unwahrscheinlichen Fall von Widersetzlichkeit die Strafe kennen und sie angenommen haben. Wie oft ich ein Mann sein wollte, mich sehnte nach den wirklichen Verletzungen, die ihr euch zuzieht!

Sehn Sie nicht, wie unsre männliche Pflicht, zu handeln, uns unerfüllbar gemacht wird, daß wir nur falsch handeln können oder gar nicht! Während Sie wenigstens im Reich der Ideen schalten können, das man Ihnen zugeteilt hat.

Die Ideen, die folgenlos bleiben. So wirken auch wir mit an der Aufteilung der Menschheit in Tätige und Denkende. Merken wir nicht, wie die Taten derer, die das Handeln an sich reißen, immer unbedenklicher werden? Wie die Poesie der Tatenlosen den Zwecken der Handelnden immer mehr entspricht? Müssen wir, die wir uns in keine praktische Tätigkeit schicken können, nicht fürchten, zum weibischen Geschlecht der Lamentierenden zu werden, unfähig zu dem kleinsten Zugeständnis, das die alltäglichen Geschäfte einem jeden abverlangen, und verrannt in einen Anspruch, den auf Erden keiner je erfüllen kann: Tätig zu werden und dabei wir selber zu bleiben?

Wer spricht?

Kleist weiß jetzt: Er wird nach Preußen gehn, ein Amt auf sich nehmen, sein Äußerstes tun, es auszufüllen. Der Frau zeigen, mit wem sie es zu tun hat.

Doch bedenken Sie auch, Günderrode: Sehr weniges schon, was wir für unerläßlich erklären, bringt uns heutzutage in den Verruf, alles oder nichts zu wollen. Dahin ist es gekommen. Schritt für Schritt gehn wir rückwärts.

Es mag sein, doch entschuldigt es uns nicht. Sagen Sie selbst: Leben Sie ohne geheime Rückversicherung? Ohne die versteckte Hoffnung, Spätere würden Sie brauchen, wenn schon die Zeitgenossen auf Sie verzichten können? Und dürsten doch zugleich nach gegenwärtigem Ruhm?

Schweigen Sie.

Der Mann hält sich an Hilfskonstruktionen, darauf gefaßt, daß sie zusammenbrechen. Daß er weder das eine noch das andre erreichen, also scheitern wird. Daß er folgenlos bleibt, eine Randfigur. Eines Tages, wenn seine inständigen Versuche, in den Ordnungen, die es gibt, einen Halt zu finden, sinnlos geworden sind; wenn er fremd unter den Menschen umhergehn wird, unerkannt, krank von den Demütigungen, die ihm zweifellos bevorstehn, ohne Widerhall im Wichtigsten: dann erst wird er sich das Recht auf seine Leiden nehmen und zugleich das Recht, sie zu beenden. Das unvergleichliche Gefühl, wenn alle Stricke reißen.

Sie entfernen sich, Günderrode. Wohin?

Erlaubten Sie mir nicht, zu schweigen?

Sie bleiben stehn, sie lehnt sich an eine Weide. Sie blikken über den Fluß. Die Sonne rollt kurz vorm Niedergang am Rand der jenseitigen Ebene über den Horizont, feuerrot. Sie sehn sie in Minuten verschwinden. Jetzt nicht mehr denken, nicht mehr reden müssen.

Wovon sprachen wir?

Wir sprachen von Ihrem Stück. Sie wollten es mir erläutern.

Erläutern! – Jetzt will er es.

Ein Mann, hört er sich sagen, auf der Höhe seines Ruhms und seiner Kraft, Robert Guiscard, Herzog der Normänner und Anführer ihres Heeres, muß gegen die Pest ankämpfen, die seine Männer hinrafft und die er selbst im Leibe hat.

Was er leugnet?

Er täuscht das Heer, das ein kranker Führer nicht beherrschen könnte, mißachtet alle Beschwörungen, die Pestkranken nicht selbst zu pflegen.

Ganz wie Napoleon vor Akka, sagt die Günderrode. – Lächelt sie?

Dieses Monstrum, sagt Kleist. Der sich gegen jede Anfechtung gefeit glaubt.

Und es bis jetzt auch ist – anders als Ihr Guiscard.

Günderrode! Guiscard, ein Mann aus einem Guß, von seinem Willen regiert!

Wie Napoleon von dem seinen.

Der Besessene! Den seine Herrschsucht zerfrißt. Wogegen Guiscard sich selbst beherrscht zu einem Zweck außer ihm: das Reich der Normannen auf griechischem Boden zu errichten.

Im Namen welcher Rechte?

Eine Weissagung leitet ihn. Er liegt vor Konstantinopel, unfähig, zurückzuweichen. Er hat sein Alles in den Wurf gesetzt, die Brücken hinter sich verbrannt. Verstehn Sie nicht, was das bedeutet.

Warum schweigt sie?

Was mit der Weissagung ist, will sie wissen.

Ich hätte sie schon noch ins Spiel gebracht. Es war dem historischen Guiscard – der auf Korfu seinen Tod gefunden – prophezeit, er werde in Jerusalem sein Ende finden; zu spät erfährt er: Hier, wo er sich sicher dünkt, lag einst eine Stadt mit Namen Jerusalem. Grausam hat ihn die Weissagung irregeführt.

So stirbt er mit einem Fluch auf die Götter, die mit ihm

ihr Spiel hatten? Oder auf sich selbst, der denen traute, anstatt nur sich? Der ihrem Spruch, frevelhaft und leichtsinnig, die eignen Ziele unterschob? Sich überhob? Sich zu gering schätzte?

Das ist es ja, sagt Kleist. Wer soll das wissen.

Wozu er Jahre brauchte, begreift die Frau in Minuten: Daß er an Unmöglichem sich abgearbeitet. Ein Mann, gebunden an die Gesetze der Alten so stark wie an die der Neuzeit, der seinen Untergang zu gleichen Teilen dem Verrat der Götter wie sich selbst verdankt: Einem solchen Helden hat das Drama noch keine Form geschaffen. Vor allem aber, jetzt sieht er es: Seinen ärgsten Feind und zugleich sich selbst enthüllen wollen, ist ein Vorhaben, für das es keine Lösung gibt. Der Stoff ist ungeheuer, an ihm zu scheitern keine Schande.

Er will sich der unheilbaren Seite seiner Natur entäußern.

Ich dichte bloß, weil ich es nicht lassen kann.

Hölderlin macht der Welt, damit sie ihn nicht zugrunde richtet, einen Vorschlag zur Güte: Der Dichter ist verrückt.

Ihr Angebot, Günderrode? Liebt mich?

Und das Ihre? Vernichtet mich?

Ach Günderrode! Ganz wahr sein können, mit sich selbst.

Es steht uns nicht frei.

Oft denk ich: Wenn der erste Idealzustand, den die Natur hervorrief und den wir zerstören mußten, nie zu jenem zweiten Idealzustand führte, durch die Organisation, die wir uns selber geben?

Wenn wir zu hoffen aufhören, kommt, was wir befürchten, bestimmt.

Sie gehn schweigend. Die Günderrode weist den Fremden auf das Farbenspiel am westlichen Himmel hin, ein Rosarot und ein Apfelgrün, die sonst in der Natur nicht vorkommen. Es bleibt noch hell, nur die Luft wird kühler. Die Günderrode zieht ihr Tuch über der Brust zusammen. Sie ist ruhig. Um diese Tageszeit wünscht sie oft, allein und für alle tot zu sein, außer für den, den sie noch nicht kennt und den sie sich erschaffen wird. Sie zerreißt sich in drei Personen, darunter einen Mann. Liebe, wenn sie unbedingt ist, kann die drei getrennten Personen zusammenschmelzen. Die Aussicht hat der Mann neben ihr nicht. Sein Werk ist der einzige Punkt, mit sich eins zu werden; er darf es um eines Menschen willen nicht aufgeben. So ist er doppelt einsam, doppelt unfrei. Es kann nicht gut gehn mit diesem Menschen, mag er nun ein Genie sein oder nur ein Unglücklicher unter vielen, wie die Zeit sie ausspeit. Kleist geht eine Zeile durch den Kopf, die er der Günderrode nicht zitieren will: An eigne Kraft glaubt doch kein Weib. – In dieser Frau, denkt er, könnte ihr Geschlecht zum Glauben an sich selber kommen. Der Austausch mit ihr, die ihn als Mann nicht reizt, kommt einem sinnlichen Rausch nahe.

Sie sagt, als habe sie das gleiche gedacht: Indem wir die Gegenwart gewahr werden, ist sie schon vorüber, das Bewußtsein des Genusses liegt immer in der Erinnerung.

Auch ich, denkt Kleist, werde einst ein Leichnam sein in den Gedanken der Menschen? Das ist es, was sie Unsterblichkeit nennen?

Zwischen den Zeiten, denkt sie, ist zwielichtiges Gelände, in dem verirrt man sich leicht und geht auf geheimnisvolle Weise verloren. Das schreckt mich nicht. Das Leben ist uns doch aus der Hand genommen. Ich muß nicht immer da sein. So wäre ich unverwundbar?

Ohne Anlaß beginnt sie auf einmal zu lachen, erst leise, dann laut und aus vollem Hals. Kleist wird angesteckt. Sie müssen sich aneinander halten, um vor Lachen nicht umzusinken. Näher sind sie sich nie als in dieser Minute.

Wenn die Menschen gewisse Exemplare ihrer eignen Gattung aus Bosheit oder aus Unverstand, aus Gleichgültigkeit oder aus Angst vernichten müssen, dann fällt uns, bestimmt, vernichtet zu werden, eine unglaubliche Freiheit zu. Die Freiheit, die Menschen zu lieben und uns selbst nicht zu hassen.

Begreifen, daß wir ein Entwurf sind – vielleicht, um verworfen, vielleicht, um wieder aufgegriffen zu werden, darauf haben wir keinen Einfluß. Das zu belachen, ist menschenwürdig. Gezeichnet zeichnend. Auf ein Werk verwiesen, das offen bleibt, offen wie eine Wunde.

Was reden sie noch, oder denken sie?

Wir wissen zuviel. Man wird uns für rasend halten. Unser unausrottbarer Glaube, der Mensch sei bestimmt, sich zu vervollkommnen, der dem Geist aller Zeiten strikt zuwiderläuft. Ein Wahn?

Die Welt tut, was ihr am leichtesten fällt: Sie schweigt.

Das Licht hat sich verändert. Alle Gegenstände, sogar die Bäume, sind spitz, grell und scharf. Fern hören sie Stimmen, sie rufen nach Kleist. Die Kutsche nach Mainz soll abfahren. Die Günderrode bedeutet ihm, sich zu entfernen. Sie verabschieden sich durch eine Handbewegung.

Jetzt wird es dunkel. Auf dem Fluß der letzte Schein.

Einfach weitergehn, denken sie.

Wir wissen, was kommt.

»Vorgänger ihr, Blut im Schuh«, heißt es von den beiden Personen, die Christa Wolf in dieser Erzählung zu einer fiktiven Begegnung im Haus der Brentanos in Winkel am Rhein zusammenführt – nur wenige Jahre bevor beide freiwillig aus dem Leben gehen: Karoline von Günderrode, die unter dem Pseudonym Tian Gedichte, Prosa und dramatische Versuche veröffentlichte, setzte ihrem Leben 1806, sechsundzwanzigjährig, ein Ende; Heinrich von Kleist wählte vierunddreißigjährig, 1811, den Freitod. Zwei jener deutschen Dichter, die – wie Anna Seghers sagte – »ihre Stirn an der gesellschaftlichen Mauer wundrieben«. 1977 machte Christa Wolf selbst eine Zeit durch, »da ich mich veranlaßt sah, die Voraussetzungen von Scheitern zu untersuchen, den Zusammenhang von gesellschaftlicher Verzweiflung und Scheitern in der Literatur ... Daraus ist bei mir unter anderem die Beschäftigung mit dem Material solcher Lebensläufe wie denen von Günderrode und Kleist entstanden. Ich habe diese beiden Figuren genommen, um ihre Problematik für mich durchzuspielen.«

Die Autorin

Christa Wolf wurde am 18. März 1929 als Tochter eines Kaufmanns in Landsberg/Warthe geboren. Sie studierte in Jena und Leipzig Germanistik, arbeitete als Verlagslektorin und lebt heute als freie Schriftstellerin in Berlin. Ihr umfangreiches erzählerisches und essayistisches Werk ist mit zahlreichen nationalen und internationalen Preisen ausgezeichnet worden.

Christa Wolf im dtv

»Grelle Töne sind Christa Wolfs Sache nie gewesen; nicht als Autorin, nicht als Zeitgenossin hat sie je zur Lautstärke geneigt, und doch hat sie nie Zweifel an ihrer Haltung gelassen.«
(Heinrich Böll)

Der geteilte Himmel
Erzählung · dtv 915
Liebesgeschichte zur Zeit des Mauerbaus in Berlin.

Nachdenken über Christa T.
dtv 11834

Kassandra
Erzählung · dtv 11870

Voraussetzungen einer Erzählung: Kassandra
Frankfurter Poetik-Vorlesungen
dtv 11871

Kindheitsmuster
Roman · dtv 11927
Auf den Spuren der Kindheit im Nationalsozialismus.

Kein Ort. Nirgends
dtv 11928
Fiktive Begegnung zwischen Karoline von Günderrode und Heinrich von Kleist.

Was bleibt
Erzählung · dtv 11929

Störfall
Nachrichten eines Tages
dtv 11930

Im Dialog
dtv 11932

Sommerstück
dtv 12003

Unter den Linden
Erzählung · dtv 12066

Gesammelte Erzählungen
dtv 12099

Auf dem Weg nach Tabou
Texte 1990-1994
dtv 12181

Die Dimension des Autors
Essays und Aufsätze, Reden und Gespräche 1959-1985
SL 61891

Christa Wolf/Gerhard Wolf:
Till Eulenspiegel
dtv 11931